中公文庫

手習重兵衛

黒い薬売り

鈴木英治

中央公論新社

目次

手習重兵衛

黒い薬売り

第一章

一

久しぶりということもあるのか、息をのむような長さに感じる。

「何段あるのですか」

うしろに控えるように立つ、おそのがたずねる。興津重兵衛《おきつじゅうべえ》は振り返り、微笑を返した。

「幼い頃から数え切れないほどこの石段はのぼって、そのたびに段数がいくつなのか数えてみたものだが、いつも必ずちがう。二百四十段前後であるのは確かなんだが」

「二百四十段……。正直、もっとあるように見えます。重兵衛さん、私も数えながらのぼってみることにします」

「よし、俺も久方ぶりにやってみるか」

重兵衛はおそのにうなずきかけてから、鬱蒼《うっそう》とした木々がつくる洞窟の入口となっている急な石段へと足を置いた。びっくりするほど高さのある階段ではないが、やはり今日に限ってはかなりの奥行きがあるように見える。それを重兵衛は急ぐことなくあがっていった。おそのの口から漏れ出る、かすかな息づかいが耳に届く。静寂にかすかなひびを入れるような鳥たちの鳴き声は、ここが神域のせいもあるのか、どこか遠慮がちにきこえる。濃い緑の香りが鼻孔から自然に入りこみ、胸を心地よくふくらませる。夏だというのに、あたりはひんやりとし、汗ばんだ体がやさしく冷やされてゆく。もともと諏訪《すわ》は、真冬になると屋根瓦が割れるほど寒さの厳しい地だが、その分、夏は涼しい。江戸のうだるような暑さが嘘《うそ》のようだ。

二人は先ほど諏訪に着いたばかりである。いま時刻は八つ半くらいだろう。朝早く金沢宿を発ったものの、途中ゆったりとした昼餉《ひるげ》をとり、二度ほど休息をはさむなどして、重兵衛の生まれ故郷を目指したのだ。すぐには屋敷へは向かわず、まず諏訪家の総鎮守《そうちんじゅ》であり、高島《たかしま》城から見て鬼門の方角にある、ここ手長《てなが》神社に足を向けたのである。諏訪といえば、諏訪大社がなんといっても有名だが、重兵衛としては、なによりも先にこの神社をおそのに知ってほしかった。

二人はのぼりきるまで無言を貫いた。上にあがって顔を見合わせる。重兵衛は、おそのの息が落ち着くのを少し待った。

「いいかい」

「はい」

同時に口をひらく。

「二百四十三」

二つの声が重なった。おおっ、と重兵衛は声をあげかけて、とどまった。ここは厳かさで特に知られた神社だ。騒ぐわけにはいかない。おそのは目を細め、静かにほほえんでいる。そのさまは、天上界から降りてきた天女を思わせる。荘厳な場所ということもあるのか、今にも舞を舞ってくれるのではあるまいかと思わせる雰囲気を漂わせている。

しばし重兵衛はおそのに見とれ、そのことに気づいて小さく形ばかりの咳払いをした。

「二百四十三段で、まちがいないようだな」

はい、とおそのが深くうなずく。

「私もそう思います。仮にちがっていたとしても、私は重兵衛さんと同じ数だったということで、とても満足です」

うれしいことをいってくれる、と重兵衛の気持ちが弾む。

「長年の憂いが取り払われた気分だ。おそのちゃん、さあ、お参りしようか」

重兵衛はおそのをいざない、奥に進んだ。諏訪家の総鎮守といっても、さほど広い境内を誇っているわけではない。ただ、横長の拝殿には、そこに神さまがいらっしゃってこちらを見守ってくださっているというそこはかとない気配が確かに感じられて、ここに足を運ぶたびに重兵衛の心は満たされる。いかにも諏訪らしく、境内の四隅には四本の御柱《おんばしら》が立てられ、宙を鋭く指している。七年ごとの御柱の大祭がなくとも、諏訪の神社には常に御柱が立てられている。

三十段足らずの階段をのぼって拝殿の前に立った重兵衛とおそのは賽銭《さいせん》を投げ、二拝、二拍手、一拝した。この神社は家内安全、子育ての神として敬われている。重兵衛は、これからの一生をともに生きてゆく娘のことを一心に祈った。健やかで穏やかな暮らしを送ることができ、長寿を全うできるようにと。その上で子宝に恵まれればいうことはないが、それはまさに神の気持ち次第だろう。赤子というのが天からの授かり物であるのは、紛れもないのだ。仮に子ができなかったとしても仕方がない。そういう運命《さだめ》なのだ、と素直に受け容《い》れるつもりでいる。重兵衛としては、とにかくおそのを幸せにしてやりたかった。

おそのは辞儀をした姿勢のままこうべを垂れ、じっと動きをとめている。重兵衛と同じように、熱心に祈りを唱えているのだ。頰《ほお》にかすかに笑みを浮かべているように見える。満足げな表情だ。やがて腰を伸ばして、おそのはもとの姿勢に戻った。首を曲げて、こちらを見る。どこか照れたような顔に思える。

「おそのちゃん、ずいぶん熱心だったけど、なにを祈っていたんだい」

恥じらうようにおそのが下を向く。小さな虫が地面を這《は》ってゆくのが、重兵衛の瞳に映りこんだ。黒い光沢を帯びた虫は拝殿のほうへと向かおうとしている。玉砂利を乗り越え乗り越えして苦労して行くさまは、重荷を負って前へ進もうとしている人の姿を思わせた。

自分たちはまちがいなく仲のよい夫婦になると思うが、見知らぬ男女が一緒になって歩む人生というのはきっとこんな感じなのだろう。

「夫婦のあいだで秘密はいけないとはききますけど、今は秘密です。ごめんなさい」

重兵衛は快活に笑いかけて、とどまった。おそのといると、ここが神社であることをつい忘れてしまう。

「謝る必要などないさ。しかしおそのちゃん、今は、ということは、いずれ話してくれるということかい」

おそのがこっくりとうなずく。

「はい、そのつもりです」

「よし。だったら、俺はそのときまで待つことにするよ」

「あの、重兵衛さんはなにを祈ったのですか。秘密ですか」

「俺は、おそのちゃんが幸せになるように祈った。ただそれだけだ。ほかに望むことはない。おそのちゃんが幸せになれば、俺も必ず幸せになれるから」

おそのは胸が一杯という顔つきになり、目を潤ませた。みるみるうちに涙がたまってゆく。その表情を見て、重兵衛も熱いものがこみあげてきた。今にも涙が堰《せき》を切りそうだ。眉やら頬やら唇やらを動かして、それを必死にこらえる。

「お、おそのちゃん、ちょっとこっちへ来てくれ。見せたいものがあるんだ」

重兵衛はおそのをうながし、境内を戻った。長い石段の手前で足をとめる。夏の日が傾き、わずかながらも夕暮れの色を帯びた陽射しを浴び、きらきらと輝く諏訪湖が樹間から眺められる。餌《えさ》をとりに出たのか、それとも巣に帰るのか、数羽の水鳥が湖面をかすめるように飛んでゆく。羽の動きが実にしなやかだ。

重兵衛は、石段の降り口の脇に立つ一本の杉の大木にそっと触れた。古木ゆえに太い幹はだいぶくたびれてきており、ざらざらとした手触りだが、この木の持つ命の力というのは確実に伝わってくる。力強い息吹のようなものが体内に入りこんでくるのを感じる。杉の木にしては珍しく、打ちあげられた花火のように枝を一杯に茂らせている。

「この杉の木は延命の杉というんだ」

幹から手を離して重兵衛は説明した。

「この木を見あげて三回ゆっくりと深い呼吸をすると、気がかりや悩み事が失せ、長命を得られるという言い伝えがある。おそのちゃんには、なにか心配事はあるかい」

おそのがかぶりを振る。

「いえ、別にこれといってありません。しかし、あるとすれば、一つです」

「ほう、なにかな」

おそのがためらうようにうつむいたが、すぐに形のよい顎《あご》をあげた。

「重兵衛さんが、いつかお妾《めかけ》さんを持つんじゃないかということです」

重兵衛は少し驚いた。まさかおそのがそんなことを考えているとは思わなかった。一笑に付すのはたやすいが、そうしたところでおそのは納得しないのではあるまいか。重兵衛はおそのにしっかりと向き直った。

「案ずるな。俺は妾を持つような真似《まね》はせん。一生、おそのちゃん一筋だ」

「おとっつあんがいっていました。女房に慣れて飽きると、男というのは必ずほかに女を持ちたがるものだって」

おそのの父親は田左衛門《たざえもん》といい、白金村《しろがねむら》の名主である。重兵衛は眉根を寄せた。

「田左衛門さんがそんなことをおっしゃったのか」

田左衛門はだいぶ前に女房を失い、寡夫《かふ》を通してきた。他に女がいるという噂《うわさ》はまったく耳にしたことがない。妾を何人も持てるだけの財力はありすぎるほどだろうが、おそのを育てることに精魂を傾けてきたというのがはっきりとわかる面構えをしている。おそのを見る目は、底知れないほどやさしい。

「田左衛門さんは世間一般の男についておっしゃったのだろう。確かに世間の多くの男たちはそうかもしれぬが、おそのちゃん、俺はちがうぞ。誓っていうが、俺は本当に妾など持たん。生涯、おそのちゃんだけがいてくれれば、それでよい」

おそのがくすりと笑いを漏らす。

「重兵衛さん、そんなに力んでおっしゃらずとも、お気持ちはよくわかっています。ちょっといってみたかっただけですから」

重兵衛はほっと息をつき、肩から力を抜いた。あらためて延命の杉を見あげる。深い息を三度する。心のなかにあたたかなものがふっとわいた。気持ちがほんのりと明るくなる。

「ああ、なんて気持ちがいいんでしょう」

目を閉じたおそのがうっとりという。目をあけて、重兵衛を見つめる。樹間を抜けてわずかに射しこむ日が、おその鼻梁《びりょう》に当たっている。そこだけわずかな光を帯びている表情が、胸を打たれるほど神々しく見えた。

「私、長寿を保てる自信ができました」

「それはよかった」

「重兵衛さんは」

「俺も同じだ」

「重兵衛さん、長生きしましょうね」

「ああ、ともに白髪になるまで」

この天女を思わせる娘と一緒なら、きっと長生きできるにちがいない、という確信を重兵衛は抱いた。

この確信を得られただけでも、手長神社に足を運んだ意味があったというものだ。

自然に笑みがこぼれ出る。重兵衛はおそのをいざない、長い石段を降りはじめた。

あと十段ほどで降りきるというとき、不意に体が硬くなった。なんだ、と思う間もなく、いやな視線を感じていることを重兵衛は覚った。前のほうだ。樹木が切れ、だいぶ視界がひらけている。湖面がはっきりと眺められ、いくつもの人家が瞳に映る。急に小鳥たちの鳴き声がかしましさを増してきた。ここからだと八町ばかり離れているが、三層五階の高島城の天守も影となって小さく見えている。

その高島城に突き当たる前の道を、大勢の者たちが行きかっている。ほとんどは諏訪の町に暮らす者たちで、百姓の姿も少なくない。侍は一人もいない。この刻限に手長神社の近くまで足を延ばす者はあまりいないのだ。

重兵衛は足をとめることなく、どこから誰が見ているのか、見極めようとした。だが、見極めることはできないまま、足は石畳を踏んだ。それを合図にしたように、視線は消えた。重兵衛は目を凝らした。しかし、いやな視線を浴びせてきた者を、見つけることはできなかった。

二

夜の前触れというべきなのか、陰りが感じられるようになっている。路地や家々の軒下、用水桶の脇などに、しみだしたようにいくつもの黒い影ができつつあった。

重兵衛とおそのは片羽町にすでに入っている。見覚えのある町並みに、重兵衛はなつかしさに包まれた。訪れるのは一年ぶりになるのか。この風景は、子供の頃からずっと見続けてきたものだ。喉のあたりがきゅんとうずき、胸が詰まる。気持ちが湿り、涙が出てきそうになった。息を入れて、重兵衛はじっとこらえた。一年前、諏訪の町に戻ってきたのは、友垣の松山市之進を斬って主家を出奔したことに対する、興津一族や諏訪家の重臣たちへの申し開きのためだった。あのときは石をいくつものんだように気持ちが重く、しかも一人だった。

だが、今回はちがう。生涯の伴侶が一緒である。心持ちがまったく異なる。重兵衛は晴れがましさで一杯だ。一刻も早く、母におそのを紹介したくてならない。気がはやる。

雨を呼ぶ黒雲が西からやってきて、頭上に広がりはじめた。風も強く吹きだしている。重兵衛たちは足を速めた。やがて門が道の右側に見えてきた。さらに足早になる。おそのが一所懸命についてくる。それに気づいて、重兵衛は少し足をゆるめた。黒雲のせいもあって、夜の色が急速に濃くなるなか、門がゆっくりと近づいてきた。

重兵衛は前に立った。遠慮がちに寄り添うようにしたおそのが門をじっと見る。門は閉じられている。この刻限ならまだひらいていなければおかしいのに、これはどうしたことか。まさか、ひらき忘れたということはあるまい。誰もいないのか。

「こちらが、重兵衛さんがお生まれになったお屋敷なのですね」

うん、とうなずいて重兵衛は、あまり大きいとはいえない門を見あげた。一年前は、こうして見つめる余裕もなかった。門自体だいぶくたびれてきており、そのために近く補修が必要だろうが、よく帰ってきたね、とやさしい眼差《まなざ》しを注いでくれているような気がする。

閉じられてはいるものの、人を拒んでいるような感じは一切ない。

重兵衛は訪《おとな》いを入れた。だが、応《いら》えは返ってこない。もう一度、呼ばわった。またも返事はなかった。屋敷内はひっそりとしている。人けはまったく感じられない。

「どうしたのかな」

入ろうか、といいかけたが、重兵衛はすぐに口元を引き締めた。考えてみれば、母のお牧《まき》だけでなく、吉乃《よしの》もいるはずなのだ。吉乃がいるなら、侍女のお以知《いち》も一緒だろう。当主である輔之進《すけのしん》は出仕中でまだ城内かもしれないが、三人も女がそろっていれば、気配が漏れてこなければおかしい。お牧たちは今日、重兵衛たちがやってくることを知っているはずだ。だいぶ前に文で知らせてある。それなのに外出したのか。

いったいこれはどうしたことか。重兵衛は心中で首をひねった。手習師匠として長く暮らしたせいでなまり、お牧たちの気配を感じ取れないのか。いや、そんなことはあるまい。おや、と重兵衛は顔をあげた。わずかな気配を嗅《か》いだのだ。これは、お牧のものかもしれない。しかし、どこか弱々しい。重兵衛は顔をしかめた。母の身になにかあったのか。それならば、吉乃たちはどうしているのか。

「いかがされました」

おそのにきかれ、重兵衛ははっとした。

「すまぬ。ちと考え事をしていた」

さあ入ろう、とあらためていって、くぐり戸を押した。閂《かんぬき》はおりておらず、見えない手に引かれたように奥にひらいてゆく。そのとき、いきなり稲妻が暗い空を切り裂いた。光の鉈《なた》が振るわれ、近くに雷が落ちた。地響きが轟く。大粒の雨が降りはじめた。くぐり戸を抜けようとした重兵衛だったが、背後からまたも視線を感じた。じっとり粘るような目が、背中を見つめている。

「おそのちゃん、先に入ってくれ」

はい、と答えておそのがくぐり戸に身を沈める。重兵衛は振り返って、誰がどこから見ているのか、確かめたかった。しかし、そんなことをしても、無駄だろうという確信がある。視線の主を見つけることはまずできない。こちらがそちらに走りだしても、あっさりと身を隠せられるだけの腕の者が見つめている。

いったい何者が、こんな真似をしているのか。どうして、こんないやな目にさらされなければならないのか。

まさか、この俺を狙《ねら》っているのか。なぜか、そんな気がする。少なくとも、監視されているのは紛れもない。視線の主は、今日、俺が諏訪に帰ってくることを知っていたのか。だから、手長神社で張っていたのか。故郷に帰ってきた俺がまず足を運ぶのが、あの神社であるのを知る者が見ているということか。

重兵衛は、おのが身をひるがえしたい衝動をなんとか抑えこんだ。こちらが視線に気づいたことを、向こうが感づいたかどうかわからないが、誰がどうして見張っているのかまったくわけが知れない状況では、素知らぬ顔をしているのが一番だろう。今は黙って耐え、いずれ霧が晴れるようにどういうことか、見えてくるのを待つのが得策にちがいない。

　重兵衛は後ろ手でくぐり戸を閉め、たたずんでいるおそのに笑いかけた。

「さあ、濡れないうちに行こう」

　まわりがすっかり苔《こけ》むしている敷石を踏んで、母屋に向かう。狭い庭の樹木が吐きだす香りが漂っている。雨に打たれて、よけい香りは強くなっているようだ。これはまさしく興津家のにおいである。ああ、家に帰ってきたのだな、との思いを重兵衛は強く抱いた。先ほどの視線のことが頭から一瞬、消えた。

　玄関の前に立つ。こちらはあいていた。二人して式台の前に進んで雨を避け、重兵衛は再び訪いを入れた。ここは実家ではあるが、もう自分の家ではない。当主は輔之進である。あいているからといって、勝手にあがってよいわけはない。外の雨は激しさを増している。地面や屋根を打つ音がうるさいくらいだ。また落雷があった。この雨や雷のせいで、こちらの声がきこえないということはないのか。重兵衛は大きな声を張りあげた。

　しかし、やはり誰も出てこない。相変わらず人けは感じられない。感じるのは唯一、弱々しい気配だけである。それも勘ちがいではないかと思えるほど、微弱なものでしかなくなっている。もう一度、重兵衛は呼ばわった。強い雨に冷やされた涼しい風が玄関に流れこんできて、あわただしく出ていった。その間、重兵衛は身じろぎ一つせずに耳を澄ませていた。重兵衛の熱意に応えるかのように、奥からかすかな声が廊下を伝ってきた。

「あれは、母上ではないか」

重兵衛は身を乗りだした。

「いらっしゃるなら、どうして出てこられぬのか」

「ご病気では」

おそのが眉を曇らせていう。重兵衛も顔をしかめた。だったら、どうして吉乃たちはいないのか。病のお牧を一人残して、屋敷にいないのはどういうことか。薬でも買いに出ているのだろうか。それとも、と重兵衛は思った。あの視線となにか関係があるのだろうか。しかし、今はあれこれ考えている場合ではなさそうだ。

「母上。いらっしゃるのですね。あがらせていただきます」

重兵衛は声をあげ、草鞋《わらじ》の紐《ひも》を解いた。すすぎの水がほしかったが、今は仕方なかった。廊下を汚すことになるが、あとで掃除すればよかろう。重兵衛は廊下にあがった。おそのに、ついてくるようにいった。

重兵衛たちは、ひんやりとする廊下を音もなく歩いた。雨雲のせいもあり、廊下はひどく暗く、陰気さが漂っていた。お牧の部屋はいちばん奥ということもあって、凝縮された暗さがあたりに居座っているような感じさえ受けた。こぎれいな腰高障子だけが、濃くなりつつある闇に対抗するかのように、また、不吉さを取り払うかのように、白く見えていた。

重兵衛は廊下に膝をついた。腰高障子の向こう側に灯《あか》りは見えない。またも落雷が近くに落ち、腰高障子をかすかに震わせた。

「母上」

腰高障子越しに声をかける。

「重兵衛ですね。あけてください」

精気もつやもまったく感じられない声が発せられた。重兵衛は腰高障子を横に引いた。

一棹《ひとさお》の箪笥《たんす》と小さめの文机が置かれた八畳間が重兵衛の目に映りこむ。そのまんなかに布団が敷かれ、人影が横たわっていた。やや遅れて、甘みの強い薬湯のにおいが鼻孔に入りこんできた。枕元に行灯《あんどん》が置いてあるが、明かりは灯っていない。重兵衛は敷居際に正座した。おそのがうしろで同じ姿勢を取る。

「母上、ただいま江戸より戻ってまいりました」

重兵衛は静かな口調で告げた。雷はあっという間に頭上を去ったようで、今は遠雷が鳴っているのが耳に届くだけである。雨も少しずつだが、弱まりつつあるようだ。この分なら、じきあがるだろう。まさに夕立の典型である。

「重兵衛、無事でなによりです。あなたの元気そうな顔を見られて、私は病が飛んでゆくような心持ちですよ」

「母上、いったいどうされたのですか」

重兵衛、とお牧が手を動かして招く。それぐらいでも大儀そうだ。

「起こしてください」

わかりました、といって重兵衛はお牧に近づいた。

「失礼いたします」

うしろからそっと体を起こした。前よりも母の体がずっと軽くなっているような気がして、重兵衛の心はずきんと痛んだ。

「はい、もうけっこうですよ」

寒いのか、お牧がかたわらに置いてある丹前を羽織った。これは父の遺品である。もともと丹前は男物だ。父の死後、お牧はていねいに手入れをして、この丹前を長持ちさせている。

「母上、いったいどうされたのです」

重兵衛はお牧を見つめた。暗すぎて、母の顔はぼんやりと輪郭が浮いているだけで、あまりよく見えない。

「ただの風邪です。それよりも重兵衛、そちらがおそのさんね」

「は、はい」

重兵衛はその場をどき、おそのを前にださせた。おそのがていねいに頭を下げる。

「お初にお目にかかります。そのと申します。よろしくお願いいたします」

「私は牧といいます。こちらこそよろしくお願いしますね」

お牧が重兵衛に視線を当てる。

「重兵衛、灯りをつけてください。せっかく遠路はるばるいらしてくれたのに、きれいなお顔が拝見できません」

はい、と答えて重兵衛は懐から火打ち石を取りだし、手際よく行灯に火を入れた。ほんのりとした明かりが、部屋のなかをやわらかく照らしだす。さすがにお牧で、部屋には塵《ちり》一つ落ちていない。掃除が行き届いている。こもっていた陰気さが、わずかながらも外に逃げていったような気がした。雨はあがったようで、屋根を叩く音はしない。宵の口だというのに、小鳥たちがねぐらから出てきて餌でもとりだしたのか、かしましいさえずりが庭のほうからきこえてきた。

お牧が瞬きもせず、じっとおそのを見る。鼻筋が通り、目が大きく、彫りが深い。若い頃はさぞこの町の男たちに騒がれたことだろう、とせがれの重兵衛ですら思うことがある。その美しい顔が厳しい表情を刻むと、どことなく凄《すご》みが出てくる。ふだんはやさしく声を荒らげることなどないのに、こんな顔つきになるなど、女の不思議さを重兵衛は覚えた。心の奥底まで見通しているのではないかと思えるほど、深い目の色をしている。明るさが持ち味の一つであるおそのも、さすがに身を固くした。背筋が伸び、両肩が縮こまる。

お牧がにこりとする。かすかだが、顔色がよくなった。頰に朱が差している。

「いい娘さんね。素直で伸びやかな性格がお顔によく出ているわ。心遣いも自然にできるお人ね。——重兵衛、よくやったわ。こんなとき町人なら、でかした、というのでしょうね。重兵衛、こんなにいい娘さんをお嫁さんにできるなんて、幸せ者よ。大事になさい」

「はい、それはよくわかっています」

重兵衛は畳に両手をついた。

「ところで母上、お一人のようですが、吉乃どのたちはどうしたのですか」

お牧が肩を落とす。先ほどまでの元気が急に失せた。うつむいたままぽつりとつぶやく。

「いなくなってしまったのです」

「吉乃どのがですか」

「二人ともです」

「二人というのは吉乃どのと輔之進ですか」

お牧が力なくかぶりを振る。

「吉乃どのとお以知です」

「その二人がいないのですか」

重兵衛は心中で首をかしげた。吉乃が母と喧嘩《けんか》でもしたのだろうか。折り合いが悪いという話はきかなかったが、江戸にいてはそのあたりのことは正直、伝わるはずもない。

「いつからです」

「二日前です」

「わけは」

お牧が悲しげに首を横に振った。

「わかりません」

「二人して実家に戻ったということではないのですね」

「ありません」

少し強い口調でいってお牧が顔をあげる。

「二人は行方知れずなのです」

「行方知れずですって」

重兵衛の声がかすれる。おそのも目をみはっている。行灯の炎が揺れ、じじ、と黒い煙をあげた。

「ええ、さようです。二人で出かけてゆき、それきりなのです」

「どこへ行ったのです」

「あなたたちの旅の無事を祈るために、大社に張り切って向かったのです」

「さようでしたか」

重兵衛は顔を曇らせた。おそのもすまなげな表情になる。

「かどわかされたということですか」

「それもわかりません」

重兵衛は、吉乃とお以知の二人の面影を引き寄せた。二人とも明るい性質で、自ら姿を消すようなことはあり得ないと思える。二人になにかあったとしか思えない。

「輔之進どのは」

「いまお休みをいただき、二人の行方を捜しまわっています」

さようですか、といって重兵衛は大きく息をついた。

「二日前にいなくなったということですが、二人の様子におかしなところはありませんでしたか」

「ありませんでした」

お牧が一顧だにすることなく即答する。

「二日前もいつもの二人でした。二人とも明るい笑顔を振りまいていましたよ。これまでにあの二人からどれほど力づけられたことか、私はよくわかりました。あの二人がいなくなったら、体の具合がおかしくなってしまい、こうして寝こむことになりました」

「お医者には診《み》てもらったのですか」

「はい、重兵衛もよく知っている厳甚《げんじん》先生が来てくださっています」

幼い頃からよく診てもらっている、興津家かかりつけの医者といってよい。

「見立ては風邪ですか」

「ええ、さようですよ。ひどい熱があって、動くに動けないのです」

お牧が無念そうにいう。

「薬はお飲みになっているのですか」

「ええ。厳甚先生が調合してくださった薬を、輔之進どのが薬湯にして飲ませてくれています。おかげでだいぶ熱は下がったのですが、まだまだです。二人の身になにかあったかもしれないというときに、寝こむようなことになり、無念です。寝ている場合なんかではないのに」

お牧が唇を噛《か》む。重兵衛は、文机のそばに薬研《やげん》が置いてあることに気づいた。

「お目付に届けはだしたのですか」

吉乃の兄の津田景十郎《つだけいじゅうろう》が、目付頭をつとめている。必要以上に公私の区別はつけている男で、ふだんなら身内のことは後まわしにするのは疑いようがないが、妹と忠実な侍女の急な失踪ということであれば、さすがに動かざるを得ないのではないか。家中の者の妻と侍女が失踪したという事実だけがあって、それが妹であるとかは、まったく関係あるまい。

「むろんです。輔之進どのが景十郎どのに会ってお伝えしました」

「景十郎どのは、動かれているのですね」

「はい、そのはずですが」

お牧は歯切れが悪い。

「どうやら、ほかにも抱えているお仕事があるようです」

景十郎自身、妹たちの失踪に本腰を入れられるような状況にないということか。それでも、とにかく一度会う必要があるのは紛れもない。

「あの、お義母《かあ》さま、夕餉は」

おそのが膝を進めてきいた。

「いえ、まだです。輔之進どのがつくってくれることになっています」

しかし、今すぐに輔之進が戻ってくるような気配は感じられない。

「さぞ、おなかが空かれたのではありませんか。私が夕餉をつくってもかまいませんか」

「ええ、もちろんかまいませんとも。でも、さほどおなかは空いていないのですよ」

「でも、なにかお召しあがりにならないと」

「そうですね。無理にでも食べないといけないのですよね。だったら、おそのさんにつくっていただこうかしら。でもおそのさん、どこになにがあるかなど、わからないでしょう。私が手伝うことができればいいのだけれど」

お牧が立ちあがろうとする。しかし、ふらついた。重兵衛はあわてて横から支えた。

「無理はなさらないほうが」

お牧が自らの額に手を当てた。

「どうやらそのようね。また熱が出てきたみたい」

「横になられたほうが」

重兵衛は丹前を脱がし、お牧の細い肩をそっとつかんで静かに横たわらせた。肌がけをかける。布団の上で、お牧が重兵衛を見つめる。瞳には、よく帰ってきたわね、と記されているように見えた。唇が動き、感謝の言葉が発せられた。

「ありがとう」

「せがれとして当然のことです」

それをきいて、お牧が疲れたように目を閉じる。重兵衛は、おそのに視線を転じた。

「夕餉の支度を頼む」

「承知しました」

おそのが立ちあがる。

「台所はあっちだ」

重兵衛は指さした。

「広くもない屋敷だから、すぐにわかる。もうだいぶ暗くなっているが、明かりの場所もわかると思う」

はい、とおそのが顎を引いた。

「重兵衛さん、なにをつくりましょうか」

「そのあたりは、おそのちゃんの判断で頼む。ある物でつくってくれれば、大丈夫だ」

わかりました、といっておそのがほほえみ、腰高障子をあけて部屋を出る。足音を立てないように廊下を遠ざかってゆく。

「よくできた娘さんね」

不意にお牧がいった。目をあけ、重兵衛を見ている。

「足音ですか」

「ええ。おそのさんは私のために、静かに歩いていってくれたわ。きっと包丁も達者なんでしょう。信頼しているのがよくわかったもの」

「はい、料理も上手です」

「重兵衛、さっきもいいましたけど、あなた、でかしたわ」

「それがしもそう思います」

やがて、台所のほうから包丁の音が響いてきた。

「ああ、いい音ね」

お牧がうっとりしている。

「よく眠れそうだわ」

このところ、よく眠っていないのだろう。それも当然だ。

「夕餉ができるまで、寝てらしてください」

「ええ、そうさせてもらうわ。重兵衛、本当によく帰ってきてくれたわね」

お牧は安堵《あんど》の色を表情に浮かべている。

「もう少し早く帰ってきたかったのですが」

「ううん、帰ってきてくれればいいのです」

しかし、またこの母親を置いて、すぐに江戸に帰らなければならない。手習子たちが待っている。

お牧が手を伸ばし、重兵衛の手を握ってきた。やわらかであたたかな感触に、重兵衛の心はなつかしさに満たされた。

「風邪を引いて寝こんだとき、それがしはよく母上の手を握って眠ったものでした。とても気持ちが休まったものです」

「今の私も同じよ。ほっとするもの」

重兵衛は軽く握り返した。お牧がほほえむ。

「よく日に焼けているわね」

「五日も旅をすれば、誰でもこうなります」

「五日か……」

お牧が嘆声を漏らす。

「ああ、いつまでもこうしていたい」

このままずっと重兵衛を見ていたかったらしいお牧が、安心したように目を閉じた。

行灯の炎が何度か揺らめいたのち、お牧は穏やかな寝息を立てはじめた。熟睡している母の寝顔はどこか赤子のように見えた。

母上を置いて、江戸に帰っていいのか。

そんな思いが心を占める。

重兵衛は首を振った。それはもう答えが出ている。自分は江戸で暮らす道を選んだのだ。今さら迷うなどどうかしている。

しかし、と思う。この母を置いていけるのか。迷うのは人として当たり前だろう。

重兵衛は肌がけをかけ直してから、立ちあがった。いくらなんでも、そろそろ輔之進が帰ってくるのではないか。もうすっかり夜のとばりが降りている。吉乃たちを捜すといっても、限度があろう。

重兵衛は行灯を吹き消した。部屋は一瞬で闇に覆われ、お牧の姿がふっと見えなくなった。重兵衛は、あらためてその闇の深さに驚いた。夜ともなれば白金村も暗いが、諏訪はそれ以上なのではないか。夜の暗さに差があるなどと、これまで思ったことはないが、この地は江戸よりも確実に闇が深い。目が慣れるまで、しばらくその場にうずくまるようにしていた。立ちあがって廊下に出、静かに腰高障子を閉める。玄関に向かって歩きだした。

むろん、足音を殺すことを忘れない。

玄関に着いたとき、ちょうどくぐり戸があく音がした。重兵衛は式台の行灯を灯した。穏やかな光にあたりが包まれる。

敷石を踏む足音が近づいてくる。

「義兄上《あに》」

弾んだ声がした。

「お帰りでしたか」

明かりのつくる輪のなかに、輔之進の姿がすっと入りこんできた。

「ああ、先ほど戻った」

玄関で輔之進が頭を下げる。

「お帰りを存じていたにもかかわらず、お出迎えもせず、失礼いたしました」

「そんなことはどうでもいいさ。俺たちをのんびりと出迎えているときではないのだろう」

輔之進が顔をあげる。義弟も色白なのだが、浅黒く焼けている。前よりも精悍《せいかん》さが増していた。

「義母《はは》上からおききになりましたか」

「うむ、きいた。心配でならん」

輔之進がうなだれる。

「義兄上からこの屋敷をまかせられたというのに、こんなことになり、まことに申し訳ございませぬ」

「謝ることはない」

重兵衛は輔之進にあがるようにいった。

「なかで話をきこう」

二人は客間で向かい合った。輔之進が耳を澄ませる。台所のほうから、器の触れ合うかすかな音がきこえてくる。

「あの、おそのさんはもしや台所ですか」

「そうだ。夕餉をつくっている」

「着いた早々にそんなことまでしていただき、感謝の言葉もありません」

「気にすることはないさ。それで輔之進、話してくれるか」

はい、といって輔之進が唇を湿らせた。二日前の午後、吉乃とお以知の二人は諏訪大社の上社、下社の二つに重兵衛たちが無事に着くようにとお参りに出かけた。夕刻には帰ってくるということだったのに、夜になっても帰ってこなかった。輔之進は二人を捜しに出たが、まったくの無駄足に終わった。一睡もできず、翌朝、日がのぼるのを待って輔之進は再び捜しに出た。最初に城に出仕し、上司である景十郎にどういうことが起きたか、包み隠さずに語った。妹たちが失踪したときいて、景十郎は眉をひそめ、案じ顔になった。しかしそれも一瞬のことにすぎず、輔之進に二人を徹底して捜すように命じてきた。

それが昨日のことで、輔之進は必死に捜しまわったが、結局は徒労に終わった。

「今日も一日、二人を捜していました。二人が行きそうなところには、すべて当たったつもりです。しかし、知り合いのところには二人はまったく顔をだしていません。それは確かです」

肩にのしかかった疲労の葉っぱを振り払うように、輔之進が体を揺らした。しかし、そのくらいでは疲れの色は抜けない。

「まさか吉乃がそれがしに嫌気が差し、いなくなったということはないと思うのですが」

「仲はよかったのであろう」

「はい、自分ではそう思っていました」

輔之進が頬をふくらませ、大きく息をつく。

「小さな喧嘩はよくあります。一緒に暮らしていれば、いろいろありますから」

「どんな喧嘩をした」

「吉乃はあまり家事が得手ではありません。しかし、負けず嫌いでとにかくがんばりますから、最近では料理もだいぶよい物がつくれるようになってきました。それがしがほめると、それはもううれしそうにして」

「かわいくてたまらんようだな」

輔之進が赤面する。

「はい、それはもう」

すぐに真顔になった。

「しかし、三日前に、掃除がまだ義母上のようにはいかないようだな、だいぶ埃《ほこり》がたまっているぞ、というようなことをつい口にしてしまったのです。誰かとくらべられると、人は傷つきますから、それがしはいってから、しまったと思ったのですが、ときすでに遅しというところです。口にしてしまった言葉は二度と戻らない」

重兵衛はにこやかに笑った。

「そのくらいで、吉乃どのはへそを曲げて出てゆくような真似はせんよ」

「そうでしょうか」

ああ、と重兵衛は大きくうなずいた。

「実はそれだけではないのです」

輔之進が声をひそめる。

「これは義母上がおっしゃったのです。告げ口をするようで気が引けるのですが」

「母上がなにをおっしゃった」

「おとといの失踪当日のことです。吉乃のつくった朝餉の味噌汁に、ちょっとこくが足りないわね、とぽつりとおっしゃったのです。だしの取り方がまだまだね、とも。そのとき吉乃は台所にいましたから、そのお言葉は耳に届いておらぬとは思いますが、吉乃は耳が馬鹿によいものですから、あるいは」

「それをきいて、吉乃どのがへそを曲げたというのか。それもあり得んな。そのくらいで出ていってしまうのなら、はなからおぬしの妻にはなっておらぬだろう。嫁は姑《しゅうとめ》の嫌みをきかされるものだと昔から相場は決まっている。それに、母上には嫌みをいったお気持ちはあるまい。素直に味のことを口にされたにすぎまい」

「それならよいのですが」

「ほかにはなにかあるのか」

輔之進がかぶりを振る。

「いえ、ありませぬ」

輔之進たちの平穏な暮らしが目に見えるようだ。お牧もきっと幸せだったのだろう。

「二人がいなくなる前に、妙なことは起きておらぬか」

「妙なことですか。つまり、それは二人の失踪の前触れとなるようなことですね」

そういうことだ、と重兵衛はいった。

「見かけぬ者がうろついていたり、怪しい気配を嗅いだり、いやな視線を感じたり、というようなことはなかったか」

輔之進が考えはじめる。

いやな視線と口にだしたために、重兵衛は手長神社の石段のところと、屋敷の門をくぐろうとしたときの視線を思いだした。

「どうかされましたか」

輔之進が気がかりそうに見ている。重兵衛は、二度感じた視線のことを話した。きき終えた輔之進が目を見ひらく。

「ほう、義兄上の御身にそのようなことが」

「輔之進にはなかったのだな」

輔之進が瞳を曇らせ、わずかに肩を落とす。

「はい、ありませんでした。ですから、二人が失踪するなど、まったく思いも寄らなかったのです」

三

手習がないのは、うれしいといえばうれしいのだが、やはりつまらない。物足りない。

あーあ、いつ帰ってくるのかなあ。

ここ最近、お美代《みよ》はいつも重兵衛のことを考えている。諏訪から帰ってきたら、重兵衛はおそのと一緒になることが決まっている。重兵衛の嫁になるおそのはとてもやさしくて、素直な性格をしている。どこにもひねくれたところがない。しかもきれいだ。女の自分から見ても、とてもきれいだ。華やかというのではなく、どこか内側からにじみだして、ふんわりと相手を包みこむようなやさしい美しさだ。男から見たら、それはきっとたまらない美しさなのだろう。

もちろん、重兵衛がおそのの外面ではなく、性格を愛したのはわかる。お美代のなかでも、二人を祝福する気持ちは強い。二人が一緒になることが決まり、重兵衛が手習所でそのことを発表したとき、すんなりと、お師匠さん、おめでとうという言葉が口をついて出たのだ。

しかし、とお美代は思うのだ。もう少しあたしの歳がいっていたら、おそのちゃんと張り合えていたのではないだろうか。張り合ったところで、結局、重兵衛はおそのを選んだかもしれない。だが、それでも同じ土俵にあがってみたかった。土俵にあがるために一所懸命稽古に励んでいて、あと少しであがれるというところで、目標にしていた相手が引退してしまったようなものではないか。

手習仲間の吉五郎《きちごろう》などは、お師匠さんのことはあきらめておいらの嫁さんになればいいじゃないか、と勝手なことをいう。惚れてくれている吉五郎には申しわけないが、重兵衛と吉五郎では月とすっぽんほどに人物の出来がちがう。吉五郎が大人になれば、そこそこの人物になるのかもしれないが、おそらく重兵衛ほどではない。吉五郎が重兵衛のようになれば、一緒になることを考えてあげないわけではないが、そういう日がくることは、まずないだろう。

あーあ。お美代はため息を漏らした。早く重兵衛に会いたくてならない。とにかく、顔を見たいのだ。重兵衛のいない白金村はだしの利いていない味噌汁のようなものだ。なにか腑《ふ》抜《ぬ》けたような村になってしまっている。きりりと引き締める者がいないということか。

重兵衛が帰ってくるのは、あと十日後というところだろう。やっと五日が経過したにすぎない。信じられないくらい、ときの歩みが遅い。手習でも、農学のようなつまらないものをしているときは時間がなかなかすぎないが、今ほどではない。

お美代は空を見た。どこまでも真っ青に晴れ渡っている。どこか秋のような空だ。雲は南のほうに入道雲がわきたっているのが眺められるだけで、頭上には一切ない。あと少しで中天にかかろうという太陽はますます燃え盛り、地上のものをすべて焼き尽くし、焦げつかしてやろうという気概に燃えている。

そんななかで、白金村の者たちは朝早くから畑に出、真っ黒になって働いている。白金村は水にあまり恵まれず、そんなに田んぼはない。蔬菜《そさい》をつくり、それを江戸市中の者に買ってもらうことで生計を立てている者がほとんどである。

お美代も、朝からしばらくは野良仕事を手伝った。しかし、暑さが厳しくなるにつれ、子供はやめておきなさい、と父親にいわれ、友垣と遊びに行ってきなさい、と母親にもいわれた。あまり暑いのは子供には毒になるから、というのだ。野良仕事に飽いていたこともあって、お美代は二親の言葉にしたがい、こうして新川沿いの道を歩いているのだ。ぶらぶらと歩いていれば、友垣に会うかと思ったが、今日はまったく顔を見ない。暑さに閉口して、家に閉じこもっているのかもしれない。会えないとなると、寂しいものがある。むろん家を訪ねていってもいいのだが、なにか気恥ずかしい。お美代は友垣の家をすぐには訪ねられず、前を通りすぎたりすることがよくある。向こうが気づいて声をかけてくれるのを期待するのだ。しかし、だいたいの場合、そんなことはまずうつつのことにはならない。こういうとき、手習所があるのはやっぱりいいなあ、と思うのである。自然に友垣と会うことができる。

気づいたら、お美代は白金堂の前にやってきていた。じっと建物を見る。重兵衛が留守にしている手習所は、どこかうつろな空気が漂っていた。ここに来ても重兵衛がいないのはわかっているのに、どうしても足が向いてしまう。

おや。お美代は、手習所の出入口の扉が大きくひらいていることに気づいた。昨日はまちがいなく閉じられていた。誰がいるのだろう。留守中のことを重兵衛から託された村人が、風を入れに来ているだけかもしれない。建物というのは、そうしてやらないと、朽《く》ちていってしまうものだときいたことがある。

でも、とお美代は思った。もしやお師匠さんが帰ってきたのではあるまいか。お師匠さんに会えるかもしれない。お美代の胸は痛いほどにふくらんだ。しかし、重兵衛が帰ってきたとはやはり考えにくい。それに、扉があいているからといって、勝手になかに入るのはためらわれる。

どうしようか。お美代は迷った。そのとき、出入口のところに人影が動くのをお美代は見た。それが重兵衛に見えた。

「お師匠さん」

お美代は口のなかで叫び、土を蹴って出入口に駆けこんだ。そこは三和土《たたき》になっているが、誰もいなかった。代わりに、少しだけひんやりとした大気がとどまっているだけだ。大勢の手習子のために、下足棚が壁一杯にしつらえられている。だが、今は一つの履物も置かれていない。一段あがって教場にあがる手前に、簀《す》の子《こ》が敷いてある。その上に草鞋が一つ、無造作に投げ捨てられていた。

これはお師匠さんのかしら。本当に諏訪からもう戻ってきたのかしら。

いくらなんでも早すぎるが、考えられないことではない。なにか急用ができて、あわてて戻ってきたということもあり得るのだ。

でも、お師匠さんが帰ってきたんなら、もっと騒ぎになっていいはずよね。お師匠さんは村一番の人気者なんだから、すぐに誰かが見つけて、半鐘が打ち鳴らされるくらいじゃないとおかしいわ。こんな静かに帰ってくるなんて、あり得ないわよ。

心のなかで首をひねりつつも、お美代は草履《ぞうり》を脱ぎ、教場に入った。そこには誰もおらず、がらんとしていた。外が明るすぎることもあるのか、ふだんよりずっと暗く感じられる。壁際にたくさんの天神机が積みあげられている。手習がはじまる前、これをみんなでわいわいはしゃぎつつ教場に並べるのだ。早くまた天神机に書物を置いて、みんなで手習をしたい。重兵衛の文机がいつもの場所に鎮座している。その文机は動かされることはない。そこにいつも重兵衛は端座して、穏やかな眼差しで手習子たちを見守っている。いたずらをしても怒ることは決してない。あのやさしい瞳を思いだしたら、早く会いたいという思いが募ってきた。会いたくてたまらない。涙がこみあげてきた。

しかし、その涙は中途でとまった。教場には、これまで味わったことのないような、ずっしりと重い雰囲気が漂っていることに気づいたからだ。大好きな教場が、今日に限っては様変わりしている。なにがどうちがうのか、はっきりとはわからないが、気配がいつもとまったく異なる。なにか変化《へんげ》の類《たぐい》が住み着いたのではないのか。そんな感じだ。出入口をひらいたのは、そういう類の物ではないか。だとしたら、どうすればいいのか。お祓いをしてもらうのがいいのか。

そんなことを考えていたら、お美代は、ふといやなにおいを嗅いだような気分に陥った。どうしてか、ここにいてはいけないような気持ちになった。怖い大人にいたずらを見つかったときのような心持ちだ。背筋に寒けが走り、妙な汗が首筋にじっとりと浮いた。

ここにお師匠さんはいない。いたら、こんな空気に覆われているはずがない。

足が杭《くい》になったかのように動くことができず、お美代は立ちすくんでいたが、意を決して体をひるがえした。重い足を必死に動かす。ようやく教場を出、簀の子に乗ることができた。そこで草履を履こうとした。しかし、脱いだはずの草履がどこにも見当たらない。

「もうお帰りかい」

横合いから声がかかった。ひっ、と喉が鳴った。お美代はおそるおそる声のほうを見た。下足棚の前に男が一人立っていた。薄暗いなか、にこにこと笑っている。お美代は唾を飲みこみ、喉《のど》をごくりと上下させた。見覚えのない顔だ。歳は三十をいくつかすぎているだろうか。重兵衛よりもだいぶ上である。

「あの、どなたですか」

こんなところでなにをしているの、という問いは嚙み殺した。

「わしかい」

男がずいっと一歩だけ出てきた。外から入りこむ光に当たり、顔がはっきりと見えた。

色白の丸い輪郭はずいぶんと福々しいが、左の頰に小さな傷があり、そこだけひきつれていて、凄みを与えている。細い目は柔和そうに垂れ下がっているが、高い鼻梁には気を許すと痛い目に遭わされるような油断ならなさがたたえられている。口はほどよく引き締められているが、右の端のほうがひん曲がっている。根性も曲がっているのではないか。

お美代には、どうにも調和の取れていない顔つきにしか見えない。いったい何者なのか。どうしてここにいるのか。男はどこか祈禱師《きとうし》のような格好をしている。今にも怪しげな言葉を吐きそうだ。変化の類がいるような心持ちになったのは、あながち的外れではなかったのかもしれない。逃げだしたい気持ちを抑えこむというより、むしろ強い興味を抱いてお美代は男の次の言葉を待った。

「ふむ、お嬢ちゃん、なかなかいい度胸をしているね」

男は穏やかな口調でいったが、吹き消されたように目からは笑みが失せていた。

「名は」

お美代は黙っていた。男が微笑する。そうすると、人がよさそうに見えた。しかし、それはうわべだけのものかもしれない。お美代は歯を食いしばるような気持ちで、口をつぐんでいた。

「これは失礼したね。こういうときはこちらから名乗るべきだった。わしは、じつげつさいというんだ」

どんな字を当てるのか、手習をしているかのようにていねいに伝えてきた。日月斎か、とお美代は心中でうなずいた。

「日月斎さんは、どうしてここにいるの」

「その前に、お嬢ちゃんの名は」

お美代は深く息を吸いこんだ。

「美代」

「お美代ちゃんか。かわいらしい名だね」

ほめられたものの、礼をいうほどのことではないと、お美代は判断した。

「どうしてわしがここにいるかというと、お師匠さんに頼まれたからだ」

「お師匠さんに」

「そうさ」

日月斎が大きく顎を引いた。丸い頬がぷるんと揺れた。まるで作りたての豆腐のようだ。

「わしは重兵衛さんと仲がいいんだ。友垣だよ。留守のことを頼まれているんだ」

本当かしら、とさすがにお美代は疑った。ふふ、と日月斎が苦笑する。

「本当かしら、という顔だね。しかし、お美代ちゃんのお師匠さんがわしにあとを頼んだのは紛れもない事実だよ。わしは重兵衛さんと同郷なんだ。——同郷というのは、同じ故郷という意味だ」

そのくらい知っているわよ、とお美代はいいたかったが、口にしなかった。

「日月斎さんは諏訪の出なの」

「ああ、そうだよ。今は江戸で暮らしているがね」

確かに、重兵衛を思わせるような訥々《とつとつ》とした話し方をする。これが諏訪の人のしゃべり方なのか。

「江戸は長いの」

日月斎が首を横に振る。また頬が揺れた。

「そうでもない。まだ一年足らずだ」

「お師匠さんとは、どういう知り合いなの」

「わしはこれでも昔は侍だったんだ。重兵衛さんとは同じ家塾で机を並べた仲だ」

「でも、ずいぶんと日月斎さんのほうが年上に見えるけど」

「お美代ちゃん、なかなか遠慮のない口を利くね。子供はそのくらいでちょうどいい。遠慮する子供なんて、気味が悪いからね。わしは老けて見えるが、これでも重兵衛さんより一つ上でしかないんだよ」

「ええっ」

「そんなに驚かれると、傷つくな。わしはいつも三十すぎに見られるから、慣れてはいるんだけどね」

これで重兵衛よりたった一つ上にすぎないというのは、どうにも信じがたい。しかし、歳のことで嘘をつく必要などないだろう。重兵衛は二十五だから、日月斎は二十六ということになる。

「日月斎さんはどうしてお侍をやめたの」

「侍は儲《もう》からないからな。わしは部屋住でな、家督を継ぐ望みもなかった。最初は学問で一家を打ち立てる気でいたが、それもかなわなかった。わしより学問ができる者など、家中にはごろごろいたゆえな。重兵衛さんもその一人だった」

「それで今は」

「行商人だ」

日月斎は懐をごそごそやった。

「こいつを売っているんだ」

お札ほどの大きさの紙包みを取りだし、お美代に見せつけるようにした。

「それは」

「薬さ。永輝丸《えいきがん》というんだ。万病に効く」

「えっ、万病に効くの」

日月斎が真剣な光を瞳に宿した。

「嘘じゃないよ。薬売りといえば越中富山が有名だが、わしは信州の薬売りだ。信州は山国だけに、薬草の宝庫でな、いろいろな薬があるが、なかでもこの永輝丸は最高の効き目を誇っている」

「万病というと、どんな病にも効くのね」

「そうさ。万病の元である風邪に最も効くが、もちろん風邪だけじゃない、卒中にも効くし、腫れ物にも効く。これをのみさえすれば、たちどころに病は治り、寝たきりだった者もすたすたと歩きはじめる」

「ええっ、本当なの」

「ああ、わしは嘘はつかんよ」

日月斎がにこりとする。

「だからこそ、この永輝丸はよく売れている。おかげでわしも、侍の頃のような貧乏はしていない。こけていた頬も肉がたっぷりとついた。侍に見切りをつけて、薬売りになったのは正しかったというわけだ。今では故郷に仕送りをしているくらいだよ」

「日月斎さんは江戸のどこに住んでいるの」

「木挽町《こびきちょう》だ。あの町の四丁目に諏訪家の上屋敷があるのは知っているかい。選んだわけではないが、偶然、木挽町に住むことになった。どうしてかというと、薬売りの元締があの町に居を構えているからだよ。元締に近いところに住むほうが、なにかと便利がよいからね」

木挽町には行ったことがないからどんな町なのか、お美代には想像できない。しかし、江戸の町のことだから、ごちゃごちゃしているのは紛れもないだろう。

「長屋住まいなの」

日月斎が心持ち胸を張った。

「いや、これでも一軒家に住んでいる。部屋数は三つしかなくて、こぢんまりとしているんだが、なかなか住み心地のよい家だよ。お美代ちゃん、一度遊びに来たらいい」

「ご新造さんは」

「いないなあ。来手がないわけじゃないよ。まだわしに身をかためるつもりがないんだ」

「どうして」

「江戸は楽しいところだからね。まだまだ遊び足りないんだ。せっかく貧乏を抜けられたから、もう少し楽しみたい」

やはりこの男はお師匠さんの友垣などではない。そんな確信をお美代は抱いた。こんな遊び好きの男とお師匠さんが仲よくなるはずがなかった。

「おそのさんにわしは会ったことはないが、とてもいい娘さんであるのは、重兵衛さんからきいて知っている。村に戻ってきたら、二人が一緒になるというのも知っているよ。わしは重兵衛さんがおそのさんと戻ってくるまで、ここにいるつもりだ。重兵衛さんから、そういうふうに頼まれたからね。お美代ちゃん、永輝丸がほしくなったら、いつでもおいで。わしとお美代ちゃんの仲だ。格安で売ってあげるよ」

ここに住み着くつもりなのか、とお美代は愕然《がくぜん》とした。いやでならない。白金堂という神聖な場所が土足でけがされるような気持ちになる。

それに、重兵衛は日月斎のことなど一言もいっていなかった。もし重兵衛が日月斎に留守を頼んだとするなら、村人たちに言づてをしていなければおかしい。重兵衛は、そんな大事なことを忘れるような男ではない。

やはり、この日月斎という男は怪しい。お美代はにらみつけそうになって、あわてて目を伏せた。そんなことをしても意味はない。なついたようなふりをし、化けの皮をはいでやらなければならない。

「お美代ちゃん」

猫なで声で呼ばれ、お美代はぞっとした。

「なにを考えているのかな」

背筋が凍るような目で、じっと見ている。

「草履のことよ」

うわずりそうになるのを必死にこらえ、ふつうの声音をだした。

「さっきそこに脱いだのに、ないの」

お美代は三和土を指さした。あっ、と声が喉をついて出た。草履が簀の子に添うように置いてあったのだ。

「なんだい、あるじゃないか」

日月斎はにこにこと笑っているが、人を見くだしたような笑いにしか見えない。さっきは、本当に草履はなかった。きっとこの男がなにかしたにちがいないのだ。日月斎は、実は狐狸《こり》の類なのではないか。狐や狸は人を化かすというが、今まさに自分はそういうことになっているのではあるまいか。

お美代は、化けの皮をはぐという思いを新たにした。にこりと笑い返す。日月斎は細い目をさらに細くしてお美代を見つめている。

――必ずこの男の正体を見破ってやるわ。

四

静かに襖《ふすま》が閉まった。かすかな足音が遠ざかってゆく。

朋左衛門《ともざえもん》はふむ、と声を漏らした。夏だというのに、冷え冷えとした座敷である。諏訪という地は、やはりいい。夏なのにこれほど涼しいところなど、日本のどこを探してもないのではないか。

茶托《ちゃたく》から湯飲みを取りあげ、茶をすする。渋みが強いが、胃の腑にゆっくりと落ちてゆくあたたかさが心地よい。ほっとする。

あの男が、と朋左衛門は思った。明日にでも吉乃とお以知の二人の行方を追って動きだすのはまちがいない。今この座敷を去っていった靖助《やすすけ》が、そのことを告げ知らせてきたばかりである。

重兵衛という男に会ったことはない。だが、実にしぶとい男であるのは、よく知っている。あの男が友垣を殺し、諏訪を出奔したというのは有名な話だ。だが、それは濡衣《ぬれぎぬ》だったのが判明し、結局のところ重兵衛は切腹をまぬかれ、今は江戸で手習師匠として暮らしている。殺しても死なないというのは、興津重兵衛のような男のことを指すのだろう。

だから、できれば敵にまわすような真似はしたくない。興津重兵衛はしつこく執念深い男に決まっているのだ。あの男を相手にするのは、虎の尾を踏むのと同じことではないか、との危惧が朋左衛門のなかにはある。関わりたくないというのが本音だ。だが、ことここに至っては、どう考えても関わらざるを得ない。あの男はしゃしゃり出てくる。

それならば、早めに殺してしまったほうがよい。しかし、あのしぶとい男を亡き者にするのはなかなか骨だろう。油断をするときしか、殺《や》れないだろうが、果たして興津重兵衛が気をゆるめるときが到来するものなのか。

気をゆるめるとするなら、このわしを殺したときになろうか。

朋左衛門は、ぱんぱんぱんと手を三度打った。襖の向こう側に、音もなく気配が立ったのが知れた。

「吉良吉《きらきち》」

朋左衛門は呼びかけた。

「入ってくれ」

襖が横に滑り、一人の男があらわれた。敷居際に座っている。相変わらず、表情をなくしたようなつかみどころのない顔をしている。こういう顔つきの男にこそ、手練《てだれ》が多いことを、朋左衛門は知っている。吉良吉という変わった名が、本名なのかどうかは知らない。そんなことは、どうでもよいことだ。大事なのは、吉良吉が本物の手練であるということである。

「頼みがある」

朋左衛門がいうと、吉良吉は無言でうなずき、膝行《しっこう》してきた。鈍い光をたたえた目で、朋左衛門を見つめてくる。

「男を一人殺してほしい」

「誰を」

初めて吉良吉が声を発した。地を這うような低い声だ。それだけでなく、胸の奥を突き刺すような凄みが感じられる。

「興津重兵衛という者だ」

「ほう、ついにか」

「知っているのか、興津重兵衛を」

「ああ、先ほど顔を見たばかりだ。美しい女を連れていた。あれがやつの女房になる女か。なかなかうらやましいな」

「どこでやつの顔を見た」

「手長神社だ。そのあと、屋敷にもついていった。のんびりとしたものだった。いつでも殺《や》れたぞ」

「吉良吉、どうして興津重兵衛のことを知っているんだ」

「おまえさんが手下に指示をだしているのを小耳にはさんだゆえな、俺もちょっと興味を抱いたというわけだ。あの男、なかなかできるな。このあたりでは珍しいほどの腕の持ち主といってよかろう。俺の視線に気づいたくらいだ」

「感づかれたのか」

吉良吉が肩をそびやかす。

「そんなに怖い顔をするものではない。ちょっと脅かしてやっただけだ。しかし、おまえさんの手下の目には、まったく気づかなかったぞ。その点でいえば、たいした腕ではなかろう。俺ならいつでも殺れるという言葉に偽りはない。それで、あれは何者だ。どうしておまえさんが張る必要がある」

「ちと理由があるのだ。うるさい男であるのは確かでな」

「おまえさんの裏の仕事に関することか」

「まあ、そうだ」

「しかし、やつは町人のような身なりをしていたぞ。道中差は帯びていたが」

「江戸の手習師匠だからな。当然だ」

「なんだ、やつは手習師匠なのか」

「馬鹿にしたものではないぞ。吉良吉が見抜いたように、剣の腕は諏訪家中では並ぶ者がない」

ふん、と吉良吉が鼻を鳴らす。

「遣《つか》えるといっても、たかが三万石の小大名ではないか」

「なめないほうがよい。なめたら確実にやられる」

吉良吉がしぶしぶといった顔つきで、首を縦に動かした。

「おまえさんがそういうのなら、わかった、信ずることにしよう。性根を入れて狙えばよいわけだな」

「そういうことだ」

朋左衛門は深くうなずいた。

「ただし、興津重兵衛を屠《ほふ》るのは、もしこのわしが死ぬようなことがあれば、ということにしてもらいたい」

「どうしてだ。すぐに殺っては駄目なのか」

「すぐにというのは、吉良吉が手練といえども無理であろう」

「なぜだ。俺に殺れぬというのか」

「勘ちがいするな。殺れぬとはいっておらん。しかし、気を張っているやつを殺すのは、相当の骨であるのはまちがいない。気がゆるんだときを狙うのがよい。それには、おそらくわしが死んだときしかあるまい」

吉良吉が意外そうに朋左衛門を見る。

「おまえさん、死ぬというのか」

朋左衛門は苦い物が口中にあふれたかのように顔をゆがめた。

「考えたくはないが、興津重兵衛という男に敵対した者はことごとく死んでいるようだからな」

「なぜそんな男に関わる」

「仕方がないのだ」

「仕方がないか。そんな理由で死んでゆくのか。つまらぬぞ」

「もちろん、わかってはいるのだが」

吉良吉がよく光る目で見つめてくる。

「義理か」

「まあ、そんなものだ」

「義理というのはつらいな。生きてゆく上で一番大事であることもあるからな。しかしだ、先ほどもいったが、先に興津重兵衛とやらを殺してしまえばよいではないか。俺にまかせておけば、たやすいことぞ」

「いや、たやすくはない」

朋左衛門は強くかぶりを振った。

「もう一度繰り返すが、いまやつに仕掛けても吉良吉が返り討ちにされかねない」

吉良吉が不満そうに見る。

「おまえさん、俺の得物を知って、いっているんだよな」

「俺は、これまで狙った者を仕留め損ねたことは一度たりともないぞ」

「むろん」

「それもよく知っている」

「知っているのにもかかわらず、そんなことをいうのか」

「そうだ」

その言葉をきいて、吉良吉が顔をしかめる。ぎり、と音がするくらい強く唇を噛んだ。

「おまえさんがそこまでいうのなら、興津重兵衛という男は恐ろしく強いのだろう。わかった。おまえさんのいう通り、おまえさんが死ぬまで手だしはせんでおく」

「うむ、それがよい」

朋左衛門が穏やかに笑う。

「しかし、いつそういうことが来てもよいように、牙《きば》だけは研いでおいてくれ」

「わかっている。手入れは怠らぬ」

吉良吉が身を乗りだしてきた。

「それで報酬は」

「五十両だ」

吉良吉が目を細め、にやりと笑う。

「ほう、奮発するものだ」

「これまでと相手がちがうからな」

通常、殺しの代金として支払っているのは、二十両である。今回は倍以上だ。

どれだけむずかしい仕事であるか、吉良吉に知っておいてもらいたいとの気持ちが朋左衛門にはあった。

「それだけもらえりゃ文句はない。必ずやり遂げてみせるから、期待しておいてくれ。おっと、俺が仕事にかかるときは、おまえさんはこの世にいないんだったな。期待もなにもないか」

「期待はするさ」

朋左衛門は余裕の笑みを見せた。

「興津重兵衛をこの世から除いてくれれば、いうことはない」

「まかせとけ」

吉良吉が胸を叩くようにいって腰をあげた。

「それじゃあ、ねぐらに戻るとするぜ。おまえさんのいうように、牙を研がなきゃならないからな」

吉良吉が襖をからりとあけ、出ていった。廊下からいかにも諏訪らしい冷たい風が入ってきたが、襖が閉められると、それもやんだ。

「旦那さま」

吉良吉と入れちがうように番頭の克造《かつぞう》が姿を見せた。

「どうした。例の客人か」

「はい」

克造が人のよげな笑みをこぼした。

「どうかしたのか」

「はい。それが、もっと食べさせろと騒いでおりまして。まったく信じられません」

朋左衛門は微笑を返した。

「よいことじゃないか。存分に食べさせてやればよい」

五

下高井戸《しもたかいど》の茶店で重兵衛とおそのを見送って、すでに六日たつ。

重兵衛たちが江戸に帰ってくるのが待ち遠しくてならないが、これだけ日がたつのが早いのなら、待ちくたびれるようなことにはなるまい。そんなことを思いながら、河上惣三《かわかみそうざぶ》郎《ろう》はなじんだ道を急ぎ足で歩いている。背後からあがって間もない太陽が照りつけ、じりじりと背中や首筋を焼いている。

「旦那、どこに行くんですかい」

うしろから、中間の善吉《ぜんきち》がのんびりと声をかけてくる。惣三郎は足をとめることなく素早く振り向いた。

「おめえ、俺の話をきいていなかったのか。番所の門のところで話したよな」

「ええ、もちろんきいていましたよ」

善吉がのほほんとした顔でいう。

「だったら、どこに向かっているかなんて、わかるだろう」

「すみません、忘れちまったんですよ」

「なんだと」

「この暑さですからね、頭がいかれちまいました」

「おめえの頭は、はなからいかれてるだろうが。暑さなんて関係ねえよ」

「関係ありますよ」

顔をぐいっと突きだしてきた善吉が、断固としていい張る。

「どうして旦那は、あっしが旦那のうしろを歩いているんと思っているんですかい」

「おめえのべたべたの顔を近づけるんじゃねえ。こっちまで顔がべたつくような心持ちになっちまう」

惣三郎は顔を前に戻し、さらに足を速めた。

「おめえが俺のうしろを歩いているのは、ただ足がのろいからだろう。それと、どこへ行くか忘れちまって、俺のあとをついてくるしかほかにすることがねえからだ」

「ちがいますよ」

「なにがちがうってんだ」

「あっしは、旦那の日よけになっていたんですよ。あのぎらぎらとした太陽から、旦那を守ろうとしていたんですから」

「本当か」

惣三郎は疑いの眼差しで見た。

「俺の背中や首筋は、ずっと暑いままだったぞ。見ろい、今だってだらだらと汗が流れていやがるぞ」

「それは仕方ないですよ。あっしが日よけになることができたのは、旦那の腰あたりまでですからねえ」

惣三郎はがくっときた。

「はあ、おめえはちっこいからなあ。腰のあたりまで日よけになれたのは、上出来ってことなんだろうよ」

善吉が相好を崩す。

「おほめいただきありがとうございます。旦那の役に立ててあっしはうれしいですよ」

「別にほめちゃあいねえんだが」

惣三郎は独り言をつぶやくようにいった。

「えっ、旦那、なんですかい」

「なんでもねえ。独り言だ」

「旦那、大丈夫ですかい」

いきなり善吉が腕を伸ばし、惣三郎の額に手のひらを当ててきた。

「なにしやがんだ。べたべたの手を押しつけるんじゃねえ」

「別に熱はないですね」

「当たり前だ」

「暑さにあたったっていうわけじゃないようですね」

「当然だ。俺は暑さには強《つえ》えんだ」

「そうですよねえ。旦那は蟬《せみ》みたいな人ですからね」

「蟬みたいってどういう意味だ」

「いや、深い意味なんてありゃしませんよ。それまでどこにいるかわからないけど、夏になると急に元気になるっていう意味です」

惣三郎は足をとめ、振り返った。どすん、と善吉が胸に当たってきた。

「あたたた。旦那、急になにをするんですかい」

頭を押さえて善吉がきく。

「それは俺の台詞《せりふ》だ。俺がとまったのも気づかねえなんて、まったくぼうっとした野郎だぜ」

「旦那、なんで立ちどまったんですかい」

「おめえが妙なことを口走ったからだ。俺のことを、それまでどこにいるかわからないけど、っていいやがった。それじゃあまるで、夏以外、俺が仕事を怠けているみてえじゃねえか」

「だって、だいたいいつも怠けているじゃないですか。昼間から酒をかっ食らったり、酒をたかったり、酒をねだったり。冬なんか、あったまりたいからって熱燗《あつかん》まで頼んだりしてますし」

「最近はしてねえよ」

「今は夏ですから。熱燗なんか暑くてしょうがないですよ」

「そういう意味じゃねえ。俺はここ最近、酒をたかるような真似はしてねえっていってるんだ」

「ああ、いわれてみればそうですかね」

善吉が真顔に戻る。

「冗談はこのくらいにして、旦那、本当にどこに向かっているんですかい」

「おめえ、ずっと冗談のつもりでいっていたのか。まったく、こいつのまじめと冗談の境目がいまだにつかめねえ」

「旦那、なにぶつぶついっているんですかい。独り言いうようになったら人間、おしまいですよ。旦那には前にも同じことを忠告したはずですがねえ」

「忠告だなんて、おめえは俺を下に見てやがんのか」

「そんなことありませんよ。旦那はあっしの旦那ですから。敬っていますよ。それよりも旦那、早くどこに向かっているのか、教えてくださいよ」

「おめえはまだ思いださねえのか。おめえが二本の足で立っているこの道は、さんざん行き慣れた道だろうが。俺たちが向かっているのは白金村だ」

「ああ、さいでしたね。やっと思いだしましたよ」

「善吉よ、今のは思いだしたっていうんじゃねえんだ」

「はい、はい、すみません、旦那。それで白金村にはなんの用事で行くんでしたっけ」

「なんと、そいつも忘れちまったのか。しかも白金村ってきいて、思いださねえだなんて、まったくあきれた野郎だ。おめえの頭には脳味噌が詰まっているのか。腐った味噌が入っているっていわれても、俺は信じるぞ」

「ちょっと忘れただけですよ。腐った味噌なんて入っていませんから、旦那、安心してください。それよりも、もったいぶらないで早く教えてくださいよ」

わかったよ、といって惣三郎は幼子に教えこむような気持ちで語った。ぽん、と手のひらと拳を善吉が打ち合わせた。

「ああ、さいでしたね。あっしたちは、重兵衛さんの留守中に白金堂に住み着いたっていう怪しげな薬売りに会いに行くんでしたね。ようやっと思いだしましたよ」

「だから善吉、おめえは思いだしたわけじゃねえんだ」

「細かいことは、旦那、抜きにしてください。その薬売りのことは、昨日お美代ちゃんの注進があったんでしたね」

「ああ、昨日の昼頃、一人で番所に来たらしい。夕刻、俺たちが戻ってきたとき、詰所に文の言づてがしてあった」

「お美代ちゃん、一人で御番所に来るだなんて、えらいですねえ。幼い頃、あっしはぶるっちまって、御番所なんか、なかなか行けなかったもんですけどねえ」

惣三郎は善吉を冷ややかに見た。

「おめえは生まれも育ちも番所内の中間屋敷だろうが」

「あれ、さいですねえ。だったら旦那、あっしはなににぶるっていたんですかねえ」

「知るか」

しばらく善吉は首をひねっていたが、やがてあきらめたようで、別の問いを放ってきた。

「薬売りの名は、なんでしたっけ」

「覚えていることは、なに一つねえんだな。だいたい三歩歩くと、頭のなかのものは、雑巾《ぞうきん》がけされたみてえにきれいさっぱり消えちまうんだな」

惣三郎は薬売りの名を伝えた。

「ああ、さいでしたね。日月斎でしたねえ。しかし旦那はなんでもかんでもよく覚えていますねえ。歳だっていうのに、たいしたもんですよ」

「おめえ、俺がいくつか、覚えているか」

「忘れるわけないじゃないですか。三十五歳ですよ」

「おっ、合ってるぞ。このところずっと四十二だっていってたから、またいうんじゃねえかって思っていたが、ちと当てがはずれた。

「あれ、当たりましたか。あっしの勘も捨てたもんじゃありませんねえ」

「勘だったのか。まったくこの野郎は。もうおめえのことは相手にしねえ」

その後、惣三郎と善吉は太陽に焼かれつつ、無言のまま道を急いだ。

「着いたぞ、白金堂だ」

ふう、と息をついて惣三郎は宣した。目の前に、幼童筆学所と記された看板が立っている。だらだらと汗が次から次へと出てくる。

「やっと着きましたね。旦那、薬売りはいますかねえ」

手ぬぐいで汗をふきながら、善吉が興味津々という目を白金堂に向ける。

「いるようだぞ」

「どうしてわかるんですかい」

「出入口の扉があいているからだ。よし、善吉、入るぞ」

惣三郎は出入口に足を踏みこませた。そこは三和土になっている。ひんやりとした大気に満ちており、さすがに少しほっとした。善吉が続いて入りこんできた。

「ああ、涼しいですねえ」

草履を脱ぎ、惣三郎は簀の子にあがった。一段あがった床に足を置き、短い廊下を歩いて教場に身を入れた。うしろの善吉がきょろきょろと見まわしている。

「誰もいませんねえ。がらんどうってやつですね」

「奥に行ってみよう」

この先に台所や居間、重兵衛の寝間がある。

惣三郎は台所にまず入り、ここ最近、二つある竈《かまど》が使われた形跡があるか、調べてみた。

「両方とも使われてやがるな」

「えっ、どうしてわかるんですかい」

「まずはこっちの釜だ」

右側の竈には飯炊き用の釜がのっている。

「あっしには、なんの変哲もない釜に見えますけど」

「善吉、こいつを見ろ」

惣三郎は釜を持ちあげ、底を見せた。

「どうだ。底がひどく焦げているだろう。重兵衛は、こういう焦げを放って旅に出るような男じゃねえ」

「立つ鳥、跡を濁さずってやつですね」

「ほう、おめえにしちゃ、よく知っているじゃねえか」

へへ、と善吉が笑う。

「あっしはことわざには強いんです。もっと知ってますよ。たとえば、とじ鍋《なべ》に……あれ、旦那、続きはなんでしたっけ」

「おめえはもしかして、割れ鍋にとじ蓋《ぶた》っていいてえのか」

「ああ、それです」

「いったい誰がことわざに強えんだ」

惣三郎はため息をつき、釜がのっている竈の焚き口をのぞきこんだ。

「こっちも灰がたっぷりとたまっている。重兵衛らしくねえな」

「さいですねえ」

「極めつきはこいつだ」

惣三郎は、左側の竈に置かれている鍋の蓋を取った。善吉になかが見えるように傾ける。

「どうだ」

「ああ、味噌汁の残りらしいものがたまってますねえ」

「おめえのいう通り、まちがいなくこいつは味噌汁の残りだ。日月斎とかいう男がつくったんだろう」

「手前のことをお呼びになりましたか」

いきなり横合いから声が届いて、惣三郎たちはぎょっとした。目を向けると、台所横の板敷きの間に男が立っていた。

惣三郎はにらみつけた。穏やかそうな顔をしているが、これまで何人もの悪人を捕らえてきた惣三郎には、目の前に立つ男は悪党にしか思えなかった。

惣三郎は男に歩み寄った。厳しい目を据える。うしろの善吉も肩を怒らしているようだ。

「おめえが日月斎か」

惣三郎は凄みを利かせていった。

「ええ、さようですよ」

男がにこやかに答える。声は、人を惹く落ち着きをはらんでいる。

「手前が日月斎でございます。あの、もしや、八丁堀の旦那は河上惣三郎さまではございませんか」

「どうして俺のことを知っているんだ」

「重兵衛さんから何度もきかされていますから。ふだんは爪を隠しているが、いざ事件となると、すごい力を発揮されるお方だと重兵衛さんはいっていましたよ」

日月斎が善吉に顔を向ける。

「こちらは善吉さんですね。善吉さんのことも重兵衛さんからきいておりますよ。以前、大きな事件で悪党どもの首領を捕らえたという話ですが」

「ええ、まあ、そんなこともありましたね」

善吉は手柄のことをいわれ、鼻高々だ。この馬鹿、調子に乗りやがってと横目で善吉を見つつ、惣三郎は日月斎にたずねた。

「どうしておめえ、ここにいるんだ」

「お美代ちゃんからお聞き及びではありませんか。重兵衛さんから頼まれたんです」

「おめえ、本当に重兵衛と知り合いなのか」

「ええ、同じ家塾で机を並べた仲ですよ」

「俺は重兵衛と親しくしているが、おめえのことなど、これまで話をしていて一度も出てきたことはねえぞ」

「重兵衛さんには、手前のことは話さないようにいってあったんですよ」

「どうしてだ」

「お美代ちゃんからお聞き及びだと思いますけど、手前は侍をやめた半端者でございます。しかも、やくざな薬売りでございます。重兵衛さんもあまり友垣だといいたくはないのではないか、と思ったものですから」

「その程度の仲なのに、重兵衛はおめえに留守を頼んだっていうのか」

「ええ、さようにございますよ。重兵衛さんには江戸で古くからの友垣というと、おそらく数えるほどしかいないのではないかと思うのですよ。なにしろ実直な男ですから、新しい友垣は多いんでしょうけど、古くて頼りにできる友垣には、あまり心当たりはないはずです」

「古くて頼りになる友垣が、おめえだっていうのか」

「ええ、さようにございます。やはり故郷で生まれ育った者同士というのは、他の人にはわからない絆《きずな》が生まれるものですから」

そいつは確かにそういうものかもしれねえな、と惣三郎は思った。いやいやこんなことでは駄目だ、とすぐさま自らを戒める。こんな怪しい男に丸めこまれそうになってどうするんだ。もし重兵衛がこの日月斎という男にあとを頼んだというなら、自分にそのことをいわなければおかしい。お美代の文にも、日月斎のことを知っている村人は一人もいない、と記してあった。もし仮に、重兵衛が自分に日月斎のことをいわなかったとしても、村人にはまちがいなく伝えていなければ変だ。それが行われていないというのは、やはり妙としかいいようがない。

「重兵衛に頼まれたというなにか証拠の品でもあるのか」

「いえ、そういうのはありません。重兵衛さんは手前の家を訪ねてきて、留守を頼むっていっただけですから」

「信じられねえな」

惣三郎は吐き捨てるようにいった。

「おめえ、いったいなんの目的で白金堂に入りこんだんだ」

「目的なんかありませんよ。手前は重兵衛さんに頼まれただけですから」

「おめえ、荷物はあるのか」

「いえ、そんなにはありません。売り物だけです」

「その売り物をまとめてとっとと出ていけ」

「えっ、そんな。それでは重兵衛さんに申しわけないことになってしまいます」

「重兵衛には俺から謝っておくよ。心配いらねえ。だから、とっとと出ていくんだ」

「しかし……」

「つべこべぬかすと、しょっ引いて牢に叩きこむぞ」

「えっ、それはご勘弁を」

日月斎は亀のように首を縮めた。

「わかりました。出ていきますから」

日月斎があわてて奥に引っこむ。惣三郎たちはあとをついていった。日月斎は重兵衛の寝間に荷物を置いていた。薬くささで部屋は満ちていた。

「ほれ、とっととしろい」

「ええ、わかっていますから、そんなに急《せ》かさないでください」

「うるせえ、とっとと出るんだ」

日月斎が、風呂敷にまとめた荷物を軽々と背負う。

「ああ、そうだ。手前が商っているこの薬、差しあげましょうか」

「いらねえよ。そんな怪しげな薬」

「怪しくなんかありませんよ。万病に効くと評判の永輝丸ですよ」

「万病に効く薬があったら、巷《ちまた》にあんなに大勢の医者が要《い》るもんかよ」

「残念ながら、永輝丸は諏訪の薬で、江戸ではあまり知られていないんです」

「おめえ、評判の薬だって、いったばかりだぞ」

「それは諏訪のほうでですから」

「旦那、あっしがもらってもいいですかい」

「なんだって」

惣三郎は目を転じ、まじまじと善吉を見つめた。善吉はすがるような顔つきだ。

「旦那も知っての通り、あっしの父親がこのところずっと腰痛に苦しんでいるんですよ。

医者にかかっているんですけど、よくならないし、薬も効かないんです」

「ほう、腰痛ですか」

横から日月斎が割りこむようにいった。

「腰痛が起きるのにはさまざまな原因があるんですが、永輝丸は実によく効きますよ。期待してもらってけっこうです」

日月斎が荷物をおろし、畳に置いた。風呂敷包みをほどき、紙包みを一つ取りだす。

「これを差しあげますから、お父上に是非飲ませてあげてください。この包み一袋で五日分あります。これだけ飲めば、まず本復まちがいなしですよ」

どうぞ、と善吉に差しだす。善吉が惣三郎を見あげる。もらってもかまわないですか、と目が乞うている。

「ああ、いいぞ」

仕方なく惣三郎はいった。

「あ、ありがとうございます」

泣きそうな顔で善吉がいい、薬を大事そうに懐にしまい入れた。

「おい、こいつはいくらだ」

「えっ、代金はいりませんよ。お譲りするんですから」

「そういうわけにはいかねえ」

　惣三郎は頑としていった。

「いえ、本当にいりません」

「だから、町方役人がただでもらうわけにはいかねえんだ。こんなのでも上の者に賂《まいない》だと判断されたら、咎《とが》めがあるからな。俺のまっさらな経歴にも傷がつく」

「しかし」

「四の五のぬかさず、さっさといいやがれ」

「わかりました」

　不承不承、日月斎がうなずいた。

「一朱でございます」

「なんだ、けっこう安いじゃねえか。俺たちが町方だからって、まさか値引きしているんじゃねえだろうな」

「いえ、初めてのお客さまには、この値段で売るようにいわれているのでございます。河上さまたちだから、ということで便宜を図っているわけではございません」

「嘘はついてねえな」

「はい、ついておりません」

わかった、といって惣三郎は懐から財布を取りだし、一朱銀をつまみだした。

「旦那……」

惣三郎は善吉の頭をごん、と殴った。

「なんでぶつんですかい」

「こんなことでめそめそするんじゃねえ。おめえも男だろうが」

「でも、旦那の気持ちがうれしいものですから」

「効くかどうかわからねえが、親父にのませな。毒が入っているかもしれねえから、注意することだ」

「いえ、毒なんか入っていません」

日月斎があわてていった。

「ですから、安心しておのみください。永輝丸は鋭気、英気につながる薬です。信州で採れる豊富な薬草を吟味し、煎じて煮詰めたものです。それぞれの薬草が互いの効き目を高め合う配合になっています。本当に期待してくださっていいですよ」

「能書きだけは一丁前だな」

「本当に効きますから」

惣三郎は日月斎をにらみつけた。

「ほれ、とっとけ」

「はあ」

惣三郎は日月斎の手に一朱銀を握らせた。日月斎の手のひらはねっとりとして、生ぬるかった。薄気味悪く、惣三郎はすぐに放したかったが、そうはせず、両手で包みこむようにしてから、そっと放した。

「おい、おめえ、いつまで居座ってやがんだ。とっとと出てけ」

語気荒くいった。

「は、はい、わかりました」

畏れ入ったように答えて、どっこらしょ、と日月斎が荷物をあらためて背負い、廊下に出た。教場のほうへと歩いてゆく。そのあとを惣三郎は善吉とともについていった。教場の出入口にやってきた日月斎は懐から新しい草鞋を取りだし、履きはじめた。

「おめえ、草鞋で行商しているのか」

「ええ、こうして紐でがっちりと足を巻いたほうが、歩くのにも力が入るものですから」

「ふん、そういうもんか。俺は雪駄のほうが歩きやすいな」

日月斎が出入口から外に出る。惣三郎たちも続いた。明るい陽射しに包まれ、目の奥が痛くなった。蒸し風呂のような暑さが押し寄せてきて、惣三郎はめまいがした。

「こいつはたまらねえな。おい、暑さに効く薬はねえのか」

「永輝丸が効きますよ。暑く感じるのは全身の血のめぐりが悪いせいです。永輝丸を飲んで、血のめぐりを谷川のような勢いに戻してやれば、人というのは、そんなに暑さは感じないものですよ」

「おめえはのんでいるのか」

「もちろんですよ」

　確かに日月斎は涼しい顔をしている。日月斎のいうことはもっとものような気がし、惣三郎は食指が動いたが、すぐさま、いや、と思い直した。こんな得体の知れない薬売りから、永輝丸なんていう胡散臭《うさんくさ》い薬を買うわけにはいかない。体を壊すのが落ちだ。

「おめえ、木挽町に家があるそうだな。そこに帰るんだな」

「ええ、そういうことになります。重兵衛さんとの約束を破るのは、心苦しいんですが」

「そんな神妙な顔をしても、俺の心は変わらねえよ。俺にはおめえが重兵衛の友垣だとはどうしても思えねえ」

　自らの顎をなでさすって、惣三郎は日月斎をじっと見た。

「おめえ、本当になんの狙いがあって、白金堂にもぐりこんだんだ」

「いえ、本当に重兵衛さんに頼まれただけですよ。狙いなんて、ありません」

「よし、わかった。そういうことにしておいてやろう。ふむ、おめえの住みかまで、よし、ついていってやろう。おめえがちゃんとねぐらに帰るのを見届けてやる」

「いえ、けっこうですよ」

「遠慮すんな」

「いえ、本当に遠慮させていただきます」

日月斎がうろたえたようにいって、荷物を背負い直す。それから、惣三郎たちの視野から逃れるように新川沿いの土手道を足早に歩いていった。

「ありゃ、またずいぶんと早足ですねえ」

善吉が感嘆していう。

「よっぽど悪いことしてやがるっていう、なによりの証《あかし》だろう」

惣三郎たちはのんびりと縄張である赤坂のほうに戻ってきた。氷川《ひかわ》神社の横に広がっているが、門前という町名がついている氷川門前町を通りすぎ、赤坂新町五丁目に入った。

「河上の旦那」

自身番の者に呼びとめられた。顔見知りの年寄りで、いつも温厚な笑みを絶やさない男だが、珍しく血相を変えている。

「どうした」

「皆さん総出で、河上の旦那を捜していたんですよ。御番所に使いを走らせたりもしたんですが、善吉さんと一緒にもうとっくに出ておられるということで」

いやな予感がして、惣三郎は眉根をぎゅっと寄せた。

「なにかあったのか」

「変死ですよ」

「どこだ」

「四丁目です」

「隣町か。案内できるか」

「もちろんですよ」

年寄りに先導されてやってきたのは、赤坂新町四丁目の裏路地だった。ごちゃごちゃと裏長屋と小さな家が入り組んでいるところに、日当たりが悪く、狭い路地が置き忘れられたように横たわっていた。小便臭さと、草いきれが入りまじっている。息をとめたくなるような蒸し暑さがすっぽりとあたりを覆っていた。

死骸は一軒家の塀に頭を預けるように、仰向けに倒れている。すでに腐敗がはじまっているようで、近づいてゆくと、鼻をつまみたくなるにおいがきつくよどんでいるのが、はっきりと感じられた。

惣三郎は顔をしかめたくなったが、我慢した。死者に対して礼を失したくない。善吉も表情を変えない。鼻は犬のように利くから、惣三郎以上にきついはずだが、このあたりはよく心得ている。決して頭がいいとはいえない男だが、惣三郎はやはりかわいくてならない。

死骸の横に、十数本の傘が重ねられているもっこのような物が二つ置いてある。もっこのような物には紐がついており、それに一本の竹が通されている。二つのもっこは、天秤のようにして肩にかけ、持ち運べるようになっているのだ。死者はどうやら古傘売りの行商人のようである。

検死医師の衛徳《えいとく》はとうに検死を終えたらしく、薬箱をかたわらに置いて惣三郎の到着を待っていた。ひどいにおいなどどこにも漂っていないといいたげに、平然と立っている。助手は連れていない。

「遅くなってすみません」

惣三郎は声をかけ、頭をぺこりと下げた。善吉も同じ真似をする。

「いえ、いいんですよ」

衛徳がにこりとした。まだ三十そこそこと若いが、身なりや仕草にどこか老成したものを感じさせる男である。目がぎょろりと大きく、絵に描かれた達磨大師《だるまだいし》を思わせる顔つきをしている。

「どうせ手前は暇な町医者ですから、診療所に戻ったところで患者もいません」

「いや、そんなことはないでしょう。繁盛しているとききますよ」

藪《やぶ》がほとんどの町医者といっても腕がある程度はよくないと、町奉行所の検死医師はつとめることはできない。そうはいっても、衛徳は検死医師の仕事をはじめるようになって、まだ半年足らずである。経験が豊富とはいえない。これから覚えていかなければならないことは、いくらでもある。

「見立てはいかがです」

惣三郎はすぐさま本題に入った。

「病死ではないでしょうか」

顎をあげて衛徳がはっきりと告げた。

「病ですか。どんな」

「心の臓が弱っていたのではないか、と思います。おそらく心の臓を鷲《わし》づかみにされたような痛みが走り、そのまま死に至ったものと思われます」

「傷はないのですね」

「ええ、ありません。着衣に乱れはありませんし、争ったような跡は見当たりません」

「死んだのは、何刻頃でしょう」

「はっきりとはしませんが、昨夜の五つから八つくらいまでのあいだではないかと思います」

「五つはともかくとして、八つだとしたら、この男は、こんなところでなにをしていたのでしょう」

惣三郎は衛徳を安心させるように、すぐさまにこりとした。

「申しわけない、これはそれがしどもが調べることでしたな」

「はあ、よろしくお願いします」

「死者になにかおかしな点、妙なところはありませんでしたか」

意外なことをきかれたように、衛徳が大きく目を見ひらく。

「いえ、そのようなものはありませんでした……」

自信なげに語尾がかすれた。

「さようですか」

惣三郎は深くうなずいてみせた。

「わかりました。あとはそれがしどもにおまかせください。衛徳先生は診療所にお戻りくださってけっこうです」

「わかりました。そうさせていただきます。あとでこの仏さんの留書は自身番を通じて御番所に提出します」

「よろしくお願いします」

惣三郎が辞儀すると、衛徳が頭を下げ、そばに置いてある薬箱の取っ手をつかんだ。

「では、失礼いたします」

「お気をつけて」

薬箱を手に衛徳が路地を出てゆく。角を曲がり、姿が見えなくなった。今頃は、と惣三郎は思った。存分に息をしているのではあるまいか。

「よし、仏を見せてもらうか」

「いつもと順序が逆ですね」

「ああ、そうだな。俺たちが先に仏を見てあれこれ考えているところに、検死医師がやってきて調べはじめるのがいつものことだものな」

「こういうのもたまにはいいんじゃないんですかい」

「どうしてだ」

「あれこれ考える必要がないからですよ」

惣三郎は善吉に顔を寄せるように仕草で命じた。なんですかい、という言葉とともに、汗を一杯にかいている顔が迫ってきた。

「いや、その暑苦しい顔は、あまり近づけねえでくれ」

「なんですかい。近づけろといったり近づけるなといったり、旦那、どっちかはっきりしてくださいよ」

「少しだけ近づけろ」

「このくらいですかい」

善吉が一尺ばかりあけて、惣三郎を見つめてきた。

「ああ、そのくらいでいい」

惣三郎は押し殺した声を、善吉の耳に吹きこんだ。

「あれこれ考える必要がないのは、経験豊富な医師が検死をしたときだ。たとえば紹徳《しょうとく》先生のような場合だ。今日はむしろとっくりと仏を見なければならねえだろうよ」

「ああ、さいですね」

惣三郎は善吉にうなずきかけて、死骸のそばにひざまずいた。においはさらに強まった。横に善吉がしゃがみこんだが、こちらは平気な顔を崩さない。こいつは本当のところは鼻が利かねえんじゃねえのか、と惣三郎は怪しんだが、今はそんなことを気にしている場合ではなかった。まず死骸が横たわっている地面を見た。激しく争った形跡は見当たらない。

惣三郎は死骸の顔に目を当てた。

「歳は四十前といったところか」

「さいですね。旦那より上っていったところですね」

善吉がまじまじと死骸を見る。

「身なりは行商人ですね。この二つの傘の束はこの仏さんのものですね」

善吉がかたわらを見やる。そこには、もっこのような物に重ねられた傘がある。

「ああ、そうだな。この男は古傘売りでまちがいあるめえ」

古傘の値は、四文から十二文といったところだ。新品の傘は高価すぎてなかなか買えないために、こういう古い傘はあまりもたないとはいえ、江戸っ子には重宝されている。

「しかし、あまり売れてはいねえみてえだ」

「このところ雨がほとんど降っていないですからねえ。天に住んでいる人たちが、降らせるのを忘れちまっているように、ずっとお天気が続いていますからねえ。なにしろ、夕立すらもありませんもの」

確かにな、と答えて惣三郎は死骸の顔をさらに凝視した。

「目を大きく見ひらいているな」

「ええ、心の臓の痛みに襲われたそうですから、こういう顔になっても不思議はないでしょうねえ」

「俺には、恐怖に襲われたって顔に見えるがな」

「いきなり心の臓に痛みがきて、怖かったんじゃないんですかね」

「ふむ、そうかもな」

惣三郎は死骸の手のひらを見た。

「剣だこがあるな」

「剣術をしていたんですね」

「そうだな。最近じゃあ、町人の剣術熱はすさまじいもんだ。剣だこをつくっている者など、なんら珍しくねえ。しかし、これだけの剣だこは滅多に見られるもんじゃねえ。相当激しい稽古をしてやがる」

惣三郎はなおも死骸を調べた。両手首に縛《いまし》めの跡のような薄い傷があるのに気づいた。

「こいつは」

「縛めの跡ですかね」

「おめえもそう思うか」

「はい、思います。衛徳先生、見逃したんですかね」

「こんな薄い傷、関係ねえと判断されたんだろう。実際、この傷で死んだなんてことは、ありえねえからな」

「そうですよねえ。しかし、縛めをされていたということは、誰かにつかまっていたということですよねえ」

「なんとか逃げだしたところに、心の臓の痛みが襲ってきて、息を引き取ったということか」

「ちがいますかね」

「だとしたら、誰につかまっていたか、どうしてつかまっていたのか、調べなきゃいけねえな」

「それが、この仏さんの供養になりますからねえ」

「おめえ、なかなかいいことをいうじゃねえか。えらいぞ」

へへ、と善吉が笑う。

「おや」

「どうしました」

善吉がまじめな顔になる。惣三郎は死骸の右手を調べだしていたところだった。

「見ろ、この傷」

「どれですか」

善吉が目を凝らす。惣三郎は死骸の右の手のひらをよく見えるようにした。

「この虫に刺されたような傷ですかい」

「そうだ」

手のひらのまんなかに、差し渡し半寸ほどの赤い盛りあがりがあるのだ。中央に針で刺されたような穴があいていた。

「旦那、こいつは本当に虫が刺したんじゃないんですかい」

「かもしれねえ。だが、なんか、まわりがどす黒くて、気持ち悪くねえか」

善吉がしげしげと見る。

「ええ、確かにあまり気味のいい跡とはいえないですね。旦那は、この傷がもとでこの仏さんが死んだと考えているんですかい」

「いや、そこまでは考えていねえ」

惣三郎は立ちあがった。並んで立った善吉の顔に口を近づけ、ささやいた。

「しかし善吉、こいつは殺しだぜ」

えっ、と善吉が驚きの声を漏らす。

「なぜ旦那はそう思うんですかい」

「勘にすぎねえが、やっぱりいちばん大きいのは、縛めの跡があるってことだな」

「さいですねえ」

善吉も納得の声を発する。

「それとな、町人のなりはしているものの、俺はこの仏は侍なんじゃねえかってにらんでいるんだ」

「えっ、どうしてそういうふうに思うんですかい」

「決め手はねえんだが、やはり剣だこがすごすぎるってのがある。町人では、これだけの剣だこの持ち主は滅多にいねえ。幼い頃から剣の稽古に励んできた者だけが持ち得る剣だこだな」

「そういうことですかい」

「あとは、どうもこの男の行商人のなりがしっくりきていねえってのがある。どことなく、さまになっていねえって感じが否めねえ」

「なるほど。旦那の勘が正しければ、お侍が町人のなりをしたってことになりますけど、どうしてそんな真似をしたんですかね」

「よくはわからねえが、調べ物があったのかもしれねえな」

「ああ、身なりを変えて探索に精だすというのは、よくききますねえ。軍記物にもありますけど、忍びが行商人に化けて、というのはあっしも知ってますよ」

うむ、と惣三郎はうなずいた。

「おそらくその類じゃねえかって、俺はにらんでいる」

「探索しているのがばれて、とっつかまり、縛めをされたということですね」

「とっつかまって、なにか吐かされたのかもしれねえが、とにかくここで殺されたか、別の場所で殺されてここまで運ばれたということになるな」

なるほど、と善吉が相づちを打つ。

「しかし、どうやって殺したんですかね。毒でしょうかね」

「うむ、そいつが最も考えやすいな」

「毒だとしたら、どんな毒ですかね」

「そいつはまだわからねえが、医者もごまかせるだけの毒ってことだな」

「石見《いわみ》銀山みたいなものですかね」

「十分にあり得るが、別の毒というのも考えられねえこともねえ」

「つまりは、あっしらが知らない毒ってことですかい」

「まあ、そうだ。毒薬なんてものは日々、新しい物がつくりだされているにちげえねえんだ。殺したい者がいる人間なんて数えきれねえほどだろうが、できれば足がつかねえ物で殺したいってそういう者たちはきっと思うものなんだろう。そんな思いに応えて、新たな毒は次から次へとつくられているに決まっているんだ。もしすごいのができたら、それこそ大金持ちだろう。この日の本の国だけでなく、長崎を通じて異国から入ってくる物だってあるだろうしな」

「異国の物だったら、お医者が見てもわからないでしょうねえ」

とにかくだ、と惣三郎は強い口調でいった。

「まずはこの仏の身元を明かさねえといけねえ」

惣三郎は、三間ばかり離れてこちらを見ている数人の町人を手招いた。五人の男がぞろぞろと近づいてくる。全員、赤坂新町四丁目の町役人と家主で、そこそこの身なりをしている者ばかりだ。ますますひどくなってゆくにおいに顔をしかめそうになっているが、なんとかこらえているという風情である。

「待たせたな。この仏だが、知り合いか」

惣三郎はさっそくきいた。

「いえ、皆と話をしましたが、初めて見るお顔にございます」

でっぷりとして顔色がつやつやとよい年寄りが答えた。この男は町役人で、杵太郎《きねたろう》という名だ。名の由来は、父親が餅が大好きだったからだという。妹が一人いるが、こちらの名はお臼《うす》とのことだ。

「この仏が古傘売りなのは、まずまちがいねえ。顔を見たことは」

「いえ、ありません」

杵太郎が大きくかぶりを振った。

「うちの町内に来たことは、これまでなかったのではないかと思います」

古傘売りも、だいたい縄張が決まっているものなのだろう。顔なじみがたいていの場合、町を流しているものだ。

「この仏をいつ見つけたんだ」

「一刻ほど前です」

「日がのぼってからずいぶんとたっているな。遅かったじゃねえか」

「はい、なにぶん、ここは人通りがほとんどないものですから。見つけたのは、まだ手習所にも行っていない、年端のいかない子供ですよ」

そうだったのかい、と惣三郎は思った。さぞびっくりしたことだろう。

「この仏だが、身元がわかるまで自身番に置いておいてくれねえか。身元がわかり次第、引き取らせるから。荷物も一緒に頼む」

「承知いたしました」

杵太郎がうやうやしく頭を下げる。

「それとな、この仏の人相書を描きたいんだが、町内にこれぞという者はいねえか。俺が描けたらいいんだが、あまりうまくねえ」

「旦那、ご謙遜ですね。旦那の絵はうまくないという度合をとっくに越えていますよ」

「うるせえ。こんなときに冗談なんていうんじゃねえよ」

惣三郎は拳骨で善吉の頭を殴りつけた。ぽけん、と妙な音がした。惣三郎は、さすがにいぶかしげな顔になった。

「これまでも何度も同じことをいったが、いってえおめえの頭には、なにが入《へ》えっているんだ」

頭を抱えて、善吉が泣きそうな顔になる。

「あっしが知りたいくらいですよ」

惣三郎は杵太郎に顔を向けた。

「どうだ、いいのはいるか」

「いますよ、おまかせください」

杵太郎が自身番づきの若者を手招いた。

「たんやお先生を呼んできておくれ」

承知しました、と若者が駆けだしてゆく。

「そのたんやお先生というのは何者だい。どんな字を当てるんだ」

字は丹矢尾というそうだ。手習師匠とのことだが、絵がひじょうに達者で、そこいらの絵描きなどまったく問題にしないくらい、すばらしい筆さばきを見せてくれるという。

「手習所は、手習の真っ最中なんじゃねえのか」

「絵を描くということになれば、それが御用のための人相書描きとなれば、丹矢尾先生は手習所は手習子たちだけにして、すっ飛んできますよ」

とにかく、絵に関してはひじょうに筆が立つということなのだろう。

惣三郎と善吉はその場に立ったまま、丹矢尾という変わった名の手習師匠がやってくるのをじっと待った。

第二章

一

ごりごりといい音が響く。

薬草らしい、鼻をつくような甘い香りもしてきた。輔之進の手ほどきを受けて、何種類かの薬草を混ぜ、重兵衛は台所脇の部屋であぐらをかいて薬研を引いている。

母親のお牧の風邪はいまだによくならない。寝間で今も横になっている。熱は少しずつ下がってきているようだが、快方に向かうにはまだ薬湯を飲み続けなければならないようだ。

いま薬研で混ぜ合わせている薬は、輔之進が医者の厳甚から教わったものだ。調合したら、すぐに薬湯にしなければ効き目が薄れるらしく、こうしてその場で引かなければならない。かたわらの火鉢にかけられた鍋のなかで、すでに湯はわいている。ぐつぐついっていたのを、先ほど火からおろしたばかりだ。今は、底のほうからいくつかの泡があがってきているだけである。

「よし、できた」

重兵衛は手をとめ、薬研のなかの薬を見つめた。黄色と緑がまじった色になっている。これは輔之進のいった通りの色である。これならば、鍋に入れてもよさそうだ。

鍋を火鉢の上に置き、再び沸騰するのを待つ。やがて、湯がぐらぐらいいはじめた。重兵衛はできあがったばかりの薬をそっと鍋に落としこんだ。一瞬、沸騰がおさまった湯がすぐに盛りあがってきて、吹きこぼれそうになった。重兵衛はすぐさま鍋を取りあげ、火から離した。鍋を鍋敷きの上に置き、炭をいくつか灰のなかにうずめて、火加減を調節する。火が弱まったところに、また鍋をのせた。今度はいい加減に湯がぐらぐらと揺れだした。

これならば吹きこぼれることはなかろう、と重兵衛はじっと鍋を見つめた。甘い香りが強くなって、部屋に充満しはじめた。においを嗅いでいるだけで、体が熱くなってきた。これは熱を冷ますのではなく、逆に熱をあげてしまうのではないか、という危惧を抱いたが、素人がどうこう考えても仕方のないことだ。厳甚は腕のよい医者である。幼い頃からこれまでに、何度も病を治してもらった恩人でもある。目の前で煮えているのは、その恩人が処方した薬草でつくりあげた薬だ。お牧の体に悪い働きをするはずがなかった。

それから重兵衛は、四半刻ほど鍋が煮え立つのをじっと見守っていた。すでにだいぶ水気が飛び、なかはどろっとしてきている。色も茶色が濃くなっている。ここまでくれば、火からおろしてよいと輔之進はいっていた。

重兵衛は鍋を鍋敷きの上に置いた。においを嗅ぐ。くらっときた。こいつはすごいなあ、と思った。薬に酔いそうな強烈なにおいである。母上はこんなのをお飲みになれるのだろうか、とさすがに重兵衛はいぶかったが、お牧はひじょうに我慢強い性格である。それは自分にも受け継がれている。俺なら、と重兵衛は思った。これで病に打ち勝つことができるのであれば、どんなにまずくとも飲む。きっとお牧も同じだろう。

少し冷ましてから、できたばかりの薬湯を湯飲みに移し、それを盆にのせた。廊下に出た。今日も外は天気がよい。さんさんと朝の光が庭に降り注いでいる。朝の大気は爽快そのものである。庭では鳥たちが元気よく飛びまわっている。木々は涼しい風に、気持ちよさそうに静かに梢を揺らしていた。

お牧の寝間では、おそのが枕元に座り、お牧の看病をしていた。ちょうどお牧の額に置いた手ぬぐいを冷たい水ですすぎ、おそのが取り替えているところだ。額に新しい手ぬぐいをのせてもらったお牧は、うっとりとしたように目を閉じかけたが、静かに腰高障子をあけた重兵衛が入ってきたことに気づいて、ぱちりとあけた。

「お加減はいかがです」

重兵衛はおそのの隣に正座し、盆を畳の上に置いた。重兵衛を見て、お牧がうっすらとほほえむ。どこかはかなげな笑いで、重兵衛の胸はずきんと痛んだ。まさか母上はこのままはかなくなってしまわれるのではないか、という思いが心を占める。いや、そんなことがあってたまるか、と重兵衛は心中で強くかぶりを振った。

「おそのさんのおかげで、だいぶよくなってきました。昨日よりずっといいですよ」

「それはよかった」

重兵衛は心の底からいった。お牧が重兵衛の横にある盆を見る。

「その湯飲みは薬湯ですね。これまでとちがうにおいがしますけど、今日からお薬が変わったのですか」

「どうもそのようです。昨夜、厳甚先生の診療所に行った輔之進どのが教えていただいた薬をそれがしがつくりました」

「飲めるのですか」

お牧が笑ってきく。

「大丈夫だと思いますが、いかがでしょうか。それがし、薬研から薬湯をつくったのは、初めてのことですので」

「味見はしたのですか」

「いえ、しておりません」

「それなら、私が毒味をしなければ仕方ないわね。――おそのさん、起こしてくれる」

重兵衛は自分がやろうと思ったが、ここはおそのにまかせたほうがよい、とすぐに考え直した。姑と嫁というのは、こういうことを繰り返してきっと距離を縮めてゆくものだろう。お牧が重兵衛にかすかにうなずいてみせた。お牧も同じことを考えて、おそのに起こしてくれるよう頼んだにちがいない。

失礼します、といっておそのがうれしそうにお牧の体を起こす。

「ああ、おそのさん、うまいわね」

感心したようにお牧がいった。

「重兵衛は力があっていいのだけれど、やはり男だから、少し乱暴なのよね。力が強すぎて、首がぐらぐらすることがあるの」

「えっ、そうだったのですか」

重兵衛は驚いてお牧に問うた。

「ええ、そうよ」

おまきが大きく顎を引いた。

「男の人には、女の体の繊細さというのがやはりわからないのよね。あなたのお父上も同じだったけど。これから、体を起こしてもらうのは、おそのさんにやってもらうことにするわ。おそのさん、お願いね」

「はい、承知いたしました」

おそのがはっきりとした声で答え、重兵衛を横目で見て、柔和にほほえんだ。

「さあ、母上、お飲みください」

わかりました、といってお牧が湯飲みを手にする。においを嗅いで顔をしかめる。これはまたすごいわね、とつぶやき、ふうふう、と薬湯を冷まそうとした。

「母上、もう冷ましてありますから」

「それは、わかっているのですよ。ちょっとした時間稼ぎです」

「どうせ飲まなければならぬのなら、早くされたほうがよいのではありませんか」

「重兵衛、あなたは相変わらず四角四面な考え方をしますね。人というのは、あなたの考え通りに動くものではありませんよ」

「はい、わかりました」

「本当にわかったのかしら。おそのさん、この子は小さな頃から、返事だけはよくてね。一緒になっても、このいい返事にだまされては駄目よ」

「はい、わかりました」

お牧が苦笑気味の笑いをこぼす。

「おそのさんも、返事はいいわね」

「はい、よくいわれます」

「似た者同士の夫婦といったところかしら」

「母上、早くお飲みください。せっかくの効き目が薄れますよ」

「はい、はい、わかりました」

お牧が覚悟を決めたように湯飲みを傾け、口をつけた。ごくごくとあっという間に飲み干した。重兵衛は瞠目《どうもく》した。すごい、とおそのも感嘆を隠せない。

「ああ、おいしい」

お牧が満面の笑みでいった。

「まことですか」

「おいしいわけがないでしょう。こうでもいわないと、もどしそうなの」

「ええっ」

重兵衛は腰を浮かせ、お牧がもどしてもいいようにたらいでも持ってこようかと思ったが、冗談ですよ、とお牧がいったので、ほっと腰をおろした。

「あら、この薬を飲んだら、体が熱くなってきたわ。熱を冷ます薬ではないのかしら」

「いったん熱を上げて、それから一気に下げる薬なのではありませんか」

おそのが思いだしたようにいった。

「私の父が、やはり熱が出たとき、そのような薬を処方されましたから」

「お父上はどうされました」

「ひと眠りしたのですが、そのときは熱いお風呂に入ったあとのように汗を一杯かいていました。そのときには気分がすっきりして、熱はとっくに下がっていました。その翌日に床をあげることができました」

「そう。それなら、私も同じようになるかしら」

「はい、きっとなると思います」

「おそのさん、横にならせてくれる」

はい、と明るくいっておそのがまたお牧の背中にまわり、小さな体を静かに布団の上に寝かせた。お牧がちょうどよいように、枕の位置をていねいに合わせる。

「ありがとう、おそのさん」

安らかな顔でお牧が感謝の言葉を述べた。

「いえ、私の新しいおっかさんですから、大事にするのは当たり前です」

お牧が驚いたようにおそのを見つめていたが、やがて目尻から大粒のしずくが浮きあがってきた。それが頬を伝って布団に落ちてゆく。重兵衛はさすがに驚いた。お牧が泣くのを見るのは、これまで数えるほどしかない。

「うれしいわ、おそのさん」

「本当の娘だとお思いになって、なんでも甘えてください。私もそのほうがうれしいですから」

「ありがとう、おそのさん」

お牧が手を伸ばして、おそのの手を握った。おそのも涙を流している。

まだ会って間もないのに、こんなに二人が仲よくなってくれたことに重兵衛は胸が一杯になった。いつまでもその場にいて二人を見ていたかったが、玄関のほうで人の気配がした。どうやら輔之進が戻ってきたようだ。

重兵衛は立ちあがり、廊下を進んだ。輔之進が式台から廊下にあがったところだった。

「どうだった」

重兵衛は声をかけた。輔之進がどう答えようか迷ったような顔を見せた。

「いま我ら目付衆はちょっとむずかしい事件を抱えこんでいることだけは、はっきりとわかりました」

「むずかしい事件か。中身をきいてはまずいのだろうな」

「はい、申し訳ございませぬ」

「いや、謝ることはない。目付衆は機密を扱っているゆえ、それは当たり前だ」

重兵衛は輔之進の背後に目を向けた。

「そちらにおられるのは、景十郎どのではありませんか」

「ばれたか」

苦笑いして、景十郎が廊下にあらわれた。相変わらず端整な顔つきをしている。目がきらきらと輝いていた。

「ちょっと重兵衛の顔を見たいと思って来たんだ。それに、妹のこともある。話をしたいと思ってな」

「はい、それがしもできれば景十郎どのに会いたいと思っていました」

三人は客間に入った。景十郎を上座にし、三人は向かい合った。

「重兵衛、久しいな」

景十郎があらためていった。

「はい、まことに。ご無沙汰して、申しわけなく思っています」

「そんなことを気にする必要はない。無沙汰はお互いさまだ」

景十郎が身を乗りだしてきた。

「お母上のお加減はいかがだ」

「だいぶよくなってきたようですが、まだ起きあがるのは先でしょう」

「薬は飲まれているのだな」

「はい、先ほど飲みました。輔之進がそれがしに伝授してくれた薬です。よく効いてくれるものと信じています」

重兵衛は姿勢を正した。

「それよりも、吉乃どのとお以知どののことです」

景十郎がむずかしい顔つきになった。

「おそらくかどわかされたのだろうな」

重兵衛は景十郎を見つめた。

「かどわかしをするような者に、心当たりがあるのですか」

景十郎がかぶりを振る。

「いや、ない」

しかし、歯切れの悪さを重兵衛は感じた。景十郎が重兵衛の視線に気づいて、笑いを漏らそうとしたが、ずいぶんとかたい笑顔になった。

「そう厳しい目をするものではないぞ。あるいは、俺の仕事に関することでかどわかされたのではないか、とむろん考えないわけではない」

「吉乃どのたちをかどわかすことで、景十郎どのが仕事に手心を加えることを期待する者ということですか。なにか要求をしてきた者がいましたか」

景十郎が首を横に振った。

「そのような者はおらぬ。だから、俺としてもどういうことか、まったくわからずにいるんだ。いま関わっている仕事は、先ほど輔之進にも話したが、確かに容易でないものではある。しかし、吉乃たちをかどわかしてどうにかなるものでもない、と俺は考えている。重兵衛にも話せることだけは話しておこう。おぬしに念押しは無用だろうが、他言無用にしてもらう。実は、いま我らがたずさわっている仕事はご公儀から密命を受けて動いているものなんだ」

「ご公儀から」

「それ以上のことはいえぬ」

そうだろうな、と重兵衛は思った。どんな仕事なのか、知りたくてならないが、公儀からの密命では、秘中の秘といったところで、重兵衛に教えるなど、とんでもないことなのだろう。諏訪家の要人たちにしても、おそらくほんの一部にしか知らされていないのではないか。

「景十郎どのが、その仕事の采配を振るうということですか」

「そうだ。探索は我ら目付衆の仕事ゆえ」

「いつからその探索の仕事は、はじまったのですか」

「つい最近だ。正確にいえば、五日前のことだ。江戸留守居役からご公儀の正式な文書が早馬でもたらされ、この俺がその任務を拝命することになった」

さようですか、と重兵衛はいった。

「吉乃どのたちですが、行方を捜すのは、今のところ輔之進だけですか」

景十郎が心苦しそうな顔になった。

「そうだ。目付衆の他のすべての人員は、公儀からの仕事に振り向けられている」

「それがしが輔之進と一緒に吉乃どのたちを捜してもかまいませんか」

「それはむしろありがたいことだな。輔之進だけでは、やはり手が足りぬと思っていたゆえ。おぬしも元目付だ。行方知れずの者の捜索に関わったことがあろう」

「はい、それはもう」

「重兵衛、よろしく頼む。これは目付頭として頼んでいるのではない。吉乃の兄として頼んでいる。俺も吉乃たちのことは心配でならぬ。できるのなら自分も捜索に加わりたいが、公儀の密命を無視するわけにはいかぬ。重兵衛、この通りだ。吉乃とお以知を見つけだし、無事連れ帰ってくれい」

「はい、必ず二人を連れ帰ります」

重兵衛は力強くいった。よもや吉乃とお以知の二人が死んだというようなことはあるまい。あの二人は女としては恐ろしく命の力が強い。生命がみなぎっている感じがする。そんなにたやすくくたばる二人ではない。

重兵衛と輔之進は、仕事に戻るという景十郎を門で見送った。供の者が二人ついてきており、景十郎を前後にはさむようにして歩いてゆく。二人ともそれなりの遣い手のようだが、重兵衛と輔之進にはさすがに及ばない。あがってから一刻ばかりたった太陽が、中空から斜めに光を送ってきている。三人はまばゆい明るさに包まれて、ゆっくりと遠ざかってゆく。

景十郎たちの姿が見えなくなるまで見送った重兵衛と輔之進はいったんなかに戻り、お牧とおそののいる部屋に向かった。吉乃とお以知の二人を必ず捜しだしてくる、とはっきりお牧に告げた。お牧はまだ熱っぽい顔をしていたが、よろしく頼みます、と力強い声でいった。昨日、久しぶりに顔を見たときはかすれたような声をだし、このままはかなくなってしまうのではないかとの危惧を抱いたほどだから、だいぶ体調が戻ってきているのが知れ、重兵衛はほっとした。輔之進もおそのも安堵の色を隠せない。

「おそのちゃん、母上を頼む」

「はい、おまかせください。しっかりお世話をさせていただきますから」

「うん、頼む」

「おそのさん、それがしからもお願いいたします」

「はい、よくわかっています」

「では、行ってまいります」

重兵衛と輔之進は声を合わせてお牧にいい、薬湯のにおいが強く香る部屋をあとにした。

「おそのさんは、とてもいい人ですね」

わずかに陽射しが入っているだけの薄暗い廊下を進みつつ、輔之進が小声でいう。

「気に入ってくれたか」

輔之進が苦笑する。

「義兄上、それがしはおそのさんに会うのは初めてではありませぬ。前に江戸に行ったとき、一度、白金村でお会いしていますよ。まあ、義兄上が気に入られたお方を、それがしが気に入らないはずがありません」

「そうだったな。昨日会ったのが二人の初めての顔合わせのような気がしていたが、そうではなかったか。とにかく輔之進、気に入ってもらってかたじけない」

ふふ、と輔之進が笑う。

「義兄上、まだ武家言葉が抜けませんね」

「そうだな。白金村では自分のことを手前といっていたが、こっちに来た途端、それがしになったからな」

玄関にやってきた。二人して、雪駄を履く。

「どこに行きますか」

「もう輔之進は足を運んだだろうが、諏訪大社に行こうと思っている。輔之進を疑うわけではないが、あのあたりで聞き込みを行いたい」

「はい、わかりました」

「気を悪くしたか」

まさか、といって輔之進がかぶりを振る。

「こんなことで気を悪くするような男ではありませぬ。ただ、それがしは未熟者ゆえ、捜索のやり方もまだまだです。ここは目付の先輩としての義兄上のやり方をじっくりと見せていただきます」

「お手並み拝見といったところか」

「そういうことになりますね」

重兵衛たちは、吉乃たちがお参りに向かったという諏訪大社に向けて進みはじめた。

「しかし、心配だな」

「はい、二人のことが案じられてなりませぬ。無事でいてくれれば、よいのですが」

「きっと無事さ。俺は信じている」

「それがしも信じてはいるのですが、ときおりいやな予感が脳裏をよぎることがあり、そういうときは大声で叫びだしたくなります」

「眠れているのか」

輔之進が無言で小さく首を振る。

「そうか。眠れぬのはつらいな。寝たほうがいいといっても、眠れぬのではどうしようもないものな」

「しかし、それがしなどより、吉乃たちのほうがずっと不安のはずです。少々眠れぬくらいで、それがしはくじけたりはしませぬ」

その意気だ、と重兵衛は思ったが、口にはださなかった。ださずとも、輔之進の瞳にはすでに闘志が満ち満ちている。必ず二人を無事に連れ帰るという意志が、色濃くあらわれていた。

ひと口に諏訪大社といっても、上社本宮、上社前宮、下社秋宮、下社春宮と四つある。上社の二つは諏訪湖の南にあり、重兵衛とおそのが通ってきた甲州街道の西側に位置している。下諏訪にやってきた多くの者は、下社の二つを参拝することが多い。

高島城は諏訪湖の南岸にあるから、上社の本宮と前宮のほうが近い気がするが、実際には北岸に位置している下社の二つのほうが城下からは近い。女の足ということで、吉乃とお以知の二人は、下社を選んだのではあるまいか。

重兵衛と輔之進はまず下社の秋宮にやってきた。

神聖な気に包まれており、知らずこうべを下げたくなるような雰囲気がある。

広大な境内のなかに、数多くの参拝客が行きかっている。この有名な神社には諸国から大勢の人が集まってくるのである。

参道に建つ店の者や、地元の者で下社への参拝を欠かさないように思える年寄りに、三日前に吉乃たちのことを見ていないか、たずねまわった。境内を歩いている神主や巫女《みこ》にも話をきいた。しかし、吉乃たちを見ている者はいなかった。正確にいえば、吉乃たちを覚えている者は一人もいなかった。

下社秋宮での聞き込みは一刻ほどで切りあげ、今度は春宮に向かった。春宮でも同様の聞き込みを行ったが、やはり手がかりを得ることはできなかった。

やはりそうはうまくいかぬものだな、と重兵衛は思った。しかし、こんなことであきらめるつもりは毛頭ない。時間がたてばたつほど、二人につながる手がかりを得る度合は減ってゆく。一刻も早く、二人の居どころにつながる糸口を手中にしなければならない。そのためにはどうしたらよいか。ひたすら聞き込みを続けるしかない。

昼飯は春宮近くの蕎麦屋《そば》でとった。うまい蕎麦切りで、蕎麦湯も美味だったが、じっくりと味わっている暇はなかった。蕎麦屋を出て、重兵衛たちは再び聞き込みをはじめた。

だが、結局は有力な話を得ることはできずに、夕暮れ間近まできてしまった。

「秋宮、春宮と参拝して、吉乃どのとお以知はどこに向かったのだろう」

重兵衛は独り言をいうように口にした。

「やはり、屋敷に向かったのではないでしょうか」

しばらく考えこんでいた輔之進が、ほかに答えはないのではないかというような口ぶりでいった。

「確かにその通りだな。買物に行ったというようなことは」

「いえ、それはありませぬ。おなごですから、ほしい物はいくらでもあるのでしょうが」

「申しわけないな、裕福でなくて。輔之進にはとんだ貧乏な家に養子に入ってもらい、感謝の言葉もない」

「感謝の言葉をいわなければならぬのは、それがしのほうです。剣術しか取りあげるもののない部屋住の身だったにもかかわらず、今は目付という大事な職につけています。しかも、吉乃というすばらしい女性《にょしょう》を妻にできた。これ以上の幸運は、それがしには考えられませぬ」

「そういってもらえると、俺もほっとする。輔之進、ありがとう」

「いえ、本当に礼を申すのは、それがしのほうですから」

輔之進が顔をあげた。

「しかし義兄上、本当に喜び合うのは、吉乃とお以知を取り戻したときにしましょう」

うむ、と重兵衛は深くうなずいた。

「まったく輔之進のいう通りだ」

重兵衛は前を向いた。だいぶ傾いた日は、あと一刻足らずで西の山の向こう側に没するだろう。暮れ色が、すでにあたりには漂いはじめている。重兵衛の脳裏に、昨日見た光景がよみがえった。ちょうどこのくらいの刻限に、あの長い石段をのぼったのではなかったか。

「手長神社はどうかな。二人は行っていないだろうか」

「諏訪家の総鎮守ですから、義兄上たちの旅の無事を祈るなら、外せぬと思い、それがしも足を運んでみましたが、有益な話をきくことはできませんでした」

当たり前のことだろうが、輔之進はよく考え、動きまわっているのだ。これまでも当たるだけのところは欠かすことなく当たっているのである。

「もう一度、行ってもよいか」

「はい、それはもう。聞き込みは二度三度、同じところで行うべきだ、とお頭からもいわれていますから」

昨日のぼったばかりの手長神社の石段を、重兵衛は再びあがってゆく。うしろを輔之進が続いている。

大勢の人でにぎわっていた下社の二つとは異なり、手長神社の境内は昨日と同様、ひっそりとしていた。ほとんど人けがない。

これでは話をきける者もなく、拝殿に参って、吉乃とお以知の二人の無事を祈るしかなかった。延命の杉を見あげ、ここでも二人のことを祈願した。神頼みしかないことに、重兵衛は自らの無力を感じた。

だが、ここでへこたれる気はない。吉乃とお以知は、助けだされるのを今も待っているにちがいないのだ。どこからか二人の叫びがきこえてこないかと、重兵衛は耳を澄ませてみたが、そんな奇跡に等しいことなど起きるはずもなかった。

むなしい思いを抱いて、重兵衛は石段を降りていった。心なしか、背後からきこえる足音にも力がない。

石段を降りきった。高島城の大手につながる道がまっすぐ延びている。濃くなってきた夕闇に追われるように、多くの人たちが行きかっている。

そういう者たちをつかまえ、重兵衛と輔之進は次々に話をきいていった。道沿いに軒を並べる店にも入りこみ、奉公人たちに二人のことを知らないか、たずねていった。なかなか手がかりにつながるような話はきけなかったが、手習所の帰りに路上で群れて遊んでいる子供たちから、ついに、これは、という話をきくことができた。

三日前の今頃、その子供たちは手長神社から半町ほど離れた空き地で鬼ごっこをして遊んでいたのだが、手長神社の石段を降りてきた二人の女の人が、立派な駕籠《かご》に乗せられたところを見たといったのである。その子供は十歳くらいの男の子で、骨も細く、体格はまだまだ小さかったが、聡明そうな光を目に宿していた。いかにも学問ができそうな顔つきをしている。

「おいらは、ちょうど鬼に追っかけられて逃げまわっていたんだけど、鬼が別の子を追いはじめたんで、ちょっと気をゆるめたら、階段を降りてきた二人のきれいな女の人が目に入ったんだよ。それが急にあらわれたお侍たちに囲まれて、あっという間に駕籠に乗せられていったから、びっくりしたんだ」

「侍というと、どんな者たちかな」

「見慣れた格好のお侍ばかりだったよ」

「おまえさんは、家中の者だと思ったのか」

「うん、おいらはそうじゃないかと思ったけどね。なにか急用ができて、二人の女の人はあわてて駕籠に乗せられたんだと思ったんだけど、ちがうの」

「二人の女に急用ができたわけではないが、そこのところは今はよい。――駕籠は二つだったのか」

「そうだよ、二つ」

男の子は右手の人さし指と中指を立ててみせた。

「立派な駕籠というと、どんな駕籠かな。お殿さまが乗られるようなものかな」

重兵衛は続けて問うた。男の子が首を横に振る。

「お殿さまの駕籠ほど立派なものではなくて、もう少し身分の低いお侍が乗るような駕籠だよ、あれは」

「権門《けんもん》駕籠と考えてよいのかな」

重兵衛は輔之進に確かめるようにいった。

「そう、あれは権門駕籠だよ」

男の子が胸を張っていった。

「おいら、駕籠のことにはけっこう詳しいんだ。叔父さんが駕籠かきをしているからね」

「そうか。おまえさんも駕籠かきを目指しているのかい」

重兵衛がきくと、ううん、と男の子ははっきりといった。

「おいらは、商人《あきんど》になろうと思っているよ」

「そうか。目標を持つというのは、いいことだ。男として必要なことだから」

男の子が見あげている。

「ねえ、おじさんはお師匠さんなの」

「手習師匠かときいているのか。ああ、そうだ。俺は手習師匠だ。よくわかるな」

「おいらが前に習っていたお師匠さんに感じがよく似ているから」

「ほう、そうか」

これは輔之進がいった。

「それならば、さぞいい手習師匠だったのだな」

男の子が悲しそうにする。

「どうかしたか」

「そのお師匠さん、去年、急に亡くなってしまったんだ。まだ若かったのに」

「そうだったのか」

輔之進が気の毒そうな顔になった。

「若かったというと、いくつだった」

「まだ二十八だったんだよ」

「そいつは確かに若いな。どうして亡くなったんだ」

「病だよ。心の臓が悪かったんだって」

「そうか。心の臓の病は、急にくることが多いからな。かわいそうに」

男の子はしんみりとしている。まわりに集まっているほかの子たちも声をなくしている。

この子たちも、急死した手習師匠のところに通っていたのかもしれない。今はそろって別の手習所に学びに行っているのだろう。

「その二つの権門駕籠だが、どちらに向かった」

重兵衛は新たな問いを男の子に発した。

「多分、甲州街道を南に向かったんじゃないかと思うんだけど」

「そうか。ありがとう」

「ううん、いいよ。役に立てた」

「ああ、十分だ」

「二人の女の人を駕籠に押しこめたお侍は、悪いやつなの」

「それには答えられぬ。すまぬな」

「ううん、謝ることなんかないよ」

重兵衛と輔之進は甲州街道に出て、南に向かって進みはじめた。さらに暮色は濃いものになっている。行きかう者たちの顔が見分けがたくなっている。そういう者たちをつかまえては、三日前の今頃、二つの権門駕籠を見ていないか、次から次へ片端からきいていった。しかし、見た者にぶつかることはないままに重兵衛たちは日暮れを迎えた。

まわりを山に囲まれた諏訪の地は、太陽が落ちてしまうと、すっぽりと闇に覆われる。西の空には残照がかろうじて見えているが、あたりはもうかなり暗くなっている。街道上からはほとんど人けが消え、涼しい風だけが土を掃くように吹いている。

「輔之進、今日のところはこれで引きあげるしかあるまい」

重兵衛にいわれ、輔之進が無念そうにする。

「そうですね。ここまで暗くなっては、聞き込みもできませんね」

「ここから先はもっと寂しくなるばかりだ」

重兵衛たちは、諏訪大社の上社の前宮近くまでやってきていた。あたりには茶店や土産《みやげ》物を扱う店などが並んでいるが、もうとうに店は終わっている。明かりは、前宮の参道入口のところに常夜灯があるだけだ。南の空には満月が浮いているものの、橙色《だいだいいろ》の鈍い光をうっすらと放っているだけで、まだ明るさはなく、あたりにはずっしりと重い闇が覆いかぶさってきていた。

輔之進が懐から提灯《ちょうちん》を取りだし、明かりを灯す。頼りなげな明るさでしかないが、足元を淡くでも照らしてくれるのは、やはりありがたい。二人とも鍛錬の結果、夜目が利くといっても、限度はある。明るさにまさるものはないといってよい。

うなずき合って、重兵衛と輔之進は上諏訪の屋敷に戻りはじめた。常夜灯から一町ばかり行ったとき、重兵衛たちは足をとめた。

「輔之進、なにやら剣呑《けんのん》な気配だぞ」

「ええ、そのようです」

輔之進が提灯をかざし、闇を透かすように見る。

「十人くらいはいますね」

「そのようだ」

重兵衛たちの前途をさえぎるように、十人ばかりの人影が立っている。距離は五間ばかり。いずれも侍のようで、いつでも抜刀できるように鯉口を切っているのがわかった。

「やる気かな」

「そのようですね」

輔之進がほほえみ、ささやくような声でいう。

「義兄上、引っ捕らえましょう。やつらは、吉乃とお以知をかどわかした者どもにちがいないでしょう。二人の居場所を吐かせてやります」

「よし、そうしよう」

重兵衛はすぐさま同意した。それにしても、と輔之進がいった。

「度胸のよい者たちですね。手前味噌になりますが、諏訪でも屈指の腕前のそれがしどもの前にあらわれるとは」

「俺たちの腕を知らぬのではないか。それに数を恃《たの》んでいることもあろう」

音もなく十人の侍たちが殺到してきた。すでに刀を抜き放っている。いずれも深く頭巾をしているのが、闇に浮くように見えた。

輔之進がすらりと刀を抜き、最初に突っこんできた一人の刀をかわし、相手の肩先を斬り下げた。力を加減して殺さないようにしている。しかし、その斬撃《ざんげき》は相手に間一髪の差でかわされた。

重兵衛も腰に帯びている道中差を抜き、目の前にあらわれた侍の足を狙った。落ちてきた速い斬撃をかいくぐり、道中差を横に払ったが、これもよけられた。意外にできる連中であるのを重兵衛は知った。

しかしこちらが本気をだせば、殺れない相手ではない。だが、捕らえるという気持ちでいるのを読まれているらしく、それがために相手は余裕を持っているようだ。余裕を持たれると、動きが素早くなり、軽快さも増す。力以上のものが引きだされる場合が多い。

しかし、それ以上に敵どもに軽やかさと素早さを与えているのは、重兵衛たちを殺そうとする気迫が感じられないことではないのか。どうやら敵どもは本気をだしていない。真剣を抜いて襲いかかってきているものの、こちらを本当に殺すつもりでいるようには思えなかった。

だからといって、重兵衛たちは油断はできない。本気をだしていないように思わせておいて、一気に仕掛けてくるということも考えられないではないのだ。

敵たちは次から次に襲いかかってくる。だが、やはり本気ではない。それでもさっと逃げる敵を追いかけようとすると、両側から斬りかかってきて、重兵衛たちは前に逃げていった敵を追いかけるのをあきらめざるを得なくなる。それならばと、両側から迫ってくる敵の片一方を叩きのめそうとしても、前方に逃げていたはずの敵がくるりと舞い戻ってきて、重兵衛たちを襲う。同時に、両側のもう一方の敵も重兵衛たちの背後を狙いに来る。そのために、重兵衛たちは一人の敵も捕らえることができなかった。

実によく連係が取れている。それは感嘆すべきものだ。重兵衛は追いかけまわすのに、さすがに疲れてきた。このくらいでへばってしまうなど情けないの一語に尽きるが、鬼ごっこは幼い頃から得手ではない。若い輔之進はまだ元気一杯で動きまわれそうだが、重兵衛は足が重くなってきた。

こちらを疲れさせるのが狙いなのか。もしそうなら、そのほうがむしろありがたい。迎え撃つほうが、重兵衛はどっしりと腰が据わって攻撃をしやすい。相手の動きもよく見える。刀がどう変化してゆくかも、しっかりと見極めることができる。

しかし、敵は重兵衛に合わせたように、動かなくなった。十の剣尖がこちらをそろって向き、重兵衛と対峙《たいじ》する形を取った。輔之進が重兵衛の横に戻ってきて、正眼に構える。その構えを見て、重兵衛はほれぼれとした。輔之進はまったく隙のない構えである。まだ二十歳にもなっていない若さだというのに、すばらしいとしかいいようがない。重兵衛が今の輔之進の歳のとき、ここまでは強くなかった。輔之進は紛れもなく天才剣士である。しかし、その天才をもってしても、この十人のよく統制された動きを破ることはかなわなかった。もし破れるとしたら、重兵衛と輔之進がこの十人以上にまとまり、意図のある動きを展開したときだろう。

重兵衛が諏訪に帰ってきて、まだ間がない今は無理だ。だが、いずれこの者どもが瞠目するような動きを見せてやらなければならない。

十人の侍はせまい街道をふさぐように、横にずらりと広がっている。いずれの男も構えがぴたりと決まり、どの剣尖も少しだけ上下に震えるように動いている。剣尖をとめていると、攻撃しようとして前に踏みだすときにどうしても剣尖を動かすことになるだけに、動き出しが読まれるという短所がある。それを補うために、こうして剣尖を常に動かしている流派があることは、重兵衛は耳にしたことがある。

不意に、右から五番目にいる男がずいと一歩だけ出てきた。よく腰が据わり、足の運びにもそつがなく、全身の動きがすばらしく伸びやかである。

——こいつはできる。

重兵衛は直感した。同時に、輔之進の肩がぴくりと動いた。この男は、と重兵衛は思った。首領ではないのか。少なくとも侍どもをまとめている者にまちがいない。この男を捕らえ、吐かせることができれば、吉乃とお以知の行方はきっとはっきりする。

首領と思える男は張った顎をしているのか、頭巾の下のほうが少しぴんと伸びている。きっと大きな口をしており、かたい物でもなんでも噛み砕ける頑丈な顎をしているのだろう。頭巾からのぞく二つの目は、鈍い光を帯びている。氷のような冷ややかさも宿していた。重兵衛はなんということもないが、ふつうの腕前の者がこの瞳に見据えられたら、背筋がぞくりとするような怖さがあるにちがいなかった。逃げだしたくなるのではないか。

実際に、きびすを返した者に追いすがり、背後から斬り捨てたことがあるのではないか、と重兵衛は男の目を見返しつつ思った。それは推測ではなく、すでに確信になっていた。

「捕らえますか」

輔之進が低い声できいてきた。

「ああ、そうしよう」

重兵衛が答えると、輔之進がすすと前に進みはじめた。あっという間に首領との距離は一間ばかりに詰まった。

重兵衛も輔之進に遅れることなく走りだし、首領に迫った。他の侍たちが重兵衛と輔之進の動きに応じて前に出てくるかと思ったが、ひたすらじっとして首領を見守る風情だ。首領の腕に対する、至上ともいえる信頼が見て取れた。

首領がどんな剣を遣うのかわからず、不気味さはあったが、輔之進がかまうことなく刀を振りおろしていった。目にもとまらぬというのがぴったりくる速さだ。しかも、鞭《むち》のようなしなやかさを秘めている。相手にとって恐ろしく受けにくい斬撃のはずだ。

首領が右手一本で刀を振り、輔之進の斬撃を受け流した。輔之進の刀は刀身を下に向かって滑ってゆく。

すぐに輔之進は刀を引き戻し、上段から打ちおろした。見とれるようななめらかな動きだが、その前に首領が左手で脇差を抜き、輔之進に向かって突きだしてきた。

輔之進は斬撃をとめ、うしろに下がった。下がらざるを得なかった。そのために脇差は輔之進の体を貫くことはおろか、傷をつけることはなかった。しかしもし下がっていなければ、輔之進の胸には小さくない穴があいていたはずだ。

これには重兵衛も驚かされた。輔之進の斬撃よりも速い突きを繰りだせる者がこの世にいるとは思わなかった。しかも二刀流というのは、初めて目にするものだ。

首領は右手の刀を上段に構え、左手で脇差を握っている。だらりと下がった脇差の尖《さき》は地面を指している。妙な構えとしかいいようがない。

だが、この程度で足をとめてはいられない。この男を捕らえなければならないのだ。重兵衛は輔之進の横を通りすぎ、一気に突っこんだ。真っ向上段から道中差を振りおろす。

殺してもかまわぬという気迫を刀にのせた。そのくらいでないと、この首領をつかまえるなど夢でしかない。

もし首領が重兵衛の斬撃を受け流そうとしても、重兵衛の道中差は下に流されることはない。打ったところにとどまって、相手の刀を叩き折るからだ。仮に首領が脇差を下から突きだしてきても、重兵衛がうしろに下がることはない。重兵衛の斬撃のほうが先に相手に届くからだ。

重兵衛の斬撃に対し、首領の右手の刀がわずかに上にあがった。重兵衛の道中差が首領の刀にぶつかる。すさまじい衝撃が腕を伝わり、全身に広がる。秘剣地蔵割である。重兵衛の道中差は首領の刀を叩き折り、首領の体に刃が届くはずだった。

だが、重兵衛の道中差は途中でとまっている。首領の刀に受けとめられたのだ。どうしてそういうふうになったのか、わからなかったが、重兵衛は急ぎ道中差を引き戻す必要に迫られた。下から首領の脇差が突きだされたからだ。

重兵衛は脇差を横に払い、袈裟《けさ》斬《ぎ》りを見舞っていった。これも刀で受けとめられた。またも脇差が突きだされる。今度は重兵衛も下がらざるを得なかった。脇差が首領の手を離れ、投げつけられたように見えたのだ。

しかし、そう見せられただけで、首領の手には脇差が握られたままだ。くっ、と重兵衛は唇を噛んだ。

代わって輔之進が突進をはじめる。その動きを制するように首領が左手を持ちあげ、さっと脇差を振った。それは輔之進への攻撃ではなく、配下の侍たちへの命だった。侍たちがいっせいに体をひるがえしたのである。さらに濃さを増した闇のなかに、侍どもはあっという間に駆けこんでゆく。

重兵衛は目をみはった。それだけ整然とした動きだった。一糸乱れぬ、といういい方がぴったりである。

顔面に迫った輔之進の刀を、首領が軽々と右手の刀で打ち返し、左手の脇差を突きだしてきた。輔之進が刀で脇差を横に払うと、右手一本での片手斬りを繰りだした。輔之進は左に動いてそれをかわし、低い姿勢のまま刀を下から振りあげてゆく。

首領の右の胸あたりに刃が入ったように見えたが、それは錯覚でしかなかった。首領は背中を思い切り反ってみせたのだ。輔之進の刀は首領の顔ぎりぎりを通りすぎてゆく。くにゃりという感じで背中が反り返っている。信じられない体のやわらかさだ。輔之進の刀をかわすと同時に、首領はすでに闇に向かって走りだしていた。輔之進は刀を反転させ、首領の背中を斬り裂こうとしたが、刃は届かず、空を切った。

輔之進が首領を追ってゆく。重兵衛も輔之進にならった。

しかし、すぐにあきらめざるを得なくなった。とうに首領の姿は見えなくなっていた。気配もどこにも感じられない。あの首領は足も相当速い。もし今が昼間だとしても、追いつけるものではないかもしれなかった。

「いったい何者でしょう」

足をとめた輔之進が、首領が消えていった闇を見つめながら、呆然とした様子でいう。その気持ちはわからないでもない。ここまで輔之進の攻撃が通用しなかったことは、これまで一度もなかったはずだからだ。

それは重兵衛も同じことで、渾身の斬撃をあっさりと受けられたのは二度目のことといってよい。以前、遠藤恒之助《えんどうこうのすけ》という恐ろしい遣い手がいたが、その男にたやすく受けられて以来である。

重兵衛は首をひねった。

「すごいまとまり方といい、どうもこのあたりの者ではないように俺は感じたが、輔之進はどうだ」

「同感です。あんな連中は初めてです。ずいぶんと洗練された感じを受けました」

「身にまとっている雰囲気が、このあたりではほとんど感じられぬものに思えた。江戸の者かもしれぬな」

「江戸の者ですか。それがどうして諏訪にやってきたのでしょう」

「それはまだわからぬが、あるいは、おぬしたち目付衆がいま関わっている公儀よりの密命というのが、関係しているのかもしれん」

「なるほど」

輔之進が気づいたように納刀した。重兵衛も道中差をまじまじと見てから鞘《さや》におさめた。

まさか地蔵割の秘剣をああもあっさりと受けとめられるとは思っていなかった。あの首領は、重兵衛の斬撃を受けとめるのではなく、逆にわずかながらも刀を振りあげて道中差にぶつけていったのだ。そのために重兵衛の斬撃の威力は減じられ、首領の刀を叩き折ることはかなわなかったのだろう。あの一瞬のあいだにそこまで判断して、あの首領は刀を動かしたのである。

すごい遣い手がいるものだ、と重兵衛はこの世の広さをしみじみと感じた。

だが、それだけではむろん駄目だ。あの侍どものもとに、まちがいなく吉乃とお以知がいるはずだ。必ず見つけだし、救いださなければならなかった。

そのためには、あの首領を中心とした十人の侍を倒さなければならない。容易なことではないが、必ず成し遂げなければならなかった。

二

あれ、今そこに誰かいたような。

お美代は目をしばたたかせた。しかし、見まちがいだったようで、誰もいない。

おかしいわね。今のは目の錯覚だったのかしら。ここは神社だから、今のは神さまの使いかなにかかしら。神聖な場所だから、そういうことがあってもおかしくはないわね。

お美代は自らにいいきかせた。

「どうしたんだ、お美代」

吉五郎がきいてきた。

「なに、ぼうっとしているんだ」

「うん、なにかぶつぶつつぶやいていたぞ」

案じるように松之介も見ている。

「ううん、なんでもないのよ」

「人間、独り言をぶつぶついうようになったらおしまいだって、河上さまがおっしゃっていたぞ」

「ちがうわ。それは中間の善吉さんの口癖なのよ。河上さまは善吉さんによくいわれているだけだわ」

お美代は河上惣三郎のおかげで、あの怪しい日月斎という薬売りが白金堂から消えたことが、とてもうれしかった。やはり惣三郎は口だけの男ではない。頼りになる。こちらが日月斎を追いだしてほしいと頼んだわけではないが、ちゃんと追い払ってくれた。やるときはしっかりやってくれる男なのだ。

「ああ、そうだったな。善吉さんの口癖だな。――ほら、お美代の番だぞ」

吉五郎がせかす。

「わかっているわよ」

お美代は『農業往来』を目の前に掲げた。木漏れ日がやんわりとこぼれるように降ってきて、書物を読むのにはちょうどよい明るさだ。風も気持ちよく通り抜け、夏だというのに涼しさが満ちている。

お美代は声にだして読みはじめた。

「春、風多く吹けば夏かならず雨降る。同、南風布けば雨なり。同、巳《み》の日、卯《う》の日風吹けばその年大風なり。――はい、次は吉五郎よ」

「よし、読むぞ」

吉五郎が同じように『農業往来』を顔の前にかざした。

「夏、北風吹けば必ず雨降るなり。同、巳の日、卯の日風吹けば秋稲に中《あた》るなり。秋、巳の日、卯の日風吹けばその年は水少なし」

「よく読めたわね」

「当たり前さ、このくらい」

吉五郎が大きく伸びをする。

「ああ、ここは気持ちいいな。学問をするのに、すごくいいよな」

「本当ね」

お美代たち三人は、白金村の雷《いかずち》神社というところにいた。無住の神社で、こぢんまりとした社殿が狭い境内に建っているだけだが、とても雰囲気のよい場所で、手習子たちの格好の遊び場所になっている。今日は『農業往来』を持ちこんで、学問に励んでいた。

「はい、松之介、いま吉五郎が読んだところで質問があるんだけど、いい」

お美代は松之介にきいた。

「ああ、なんだい」

「夏の巳の日、卯の日に風が吹いたら、秋には稲に中ると『農業往来』には書かれているんだけど、中るというのは、なにを意味するの」

「なんだ、そんなことか」

松之介が鼻をうごめかす。

「この場合の中るというのは、豊作を意味するんだよ。当たり年っていうだろ。そのことさ」

「よく知っているわね」

「当たり前だよ。おいらは『農業往来』は、それこそ何度読んだかわからないもの。この書物はおいらたちにとっては、最も大事な本といっていいからね」

「えらいわ、あんた」

「そんなことないさ」

松之介はそれでもほめられてうれしそうだ。

「よし、次は俺の番だな。――冬、南風吹けば三日のあいだに雪降るなり。同、巳の日、卯の日風吹けば寒気強し、すべて農家は分至とて春分、夏至と秋分、冬至の気候を知るべし」

「松之介は『農業往来』を何度も読んでいるっていうけど、今おいらたちが読んだところは、『不求全書』って本に書いてあるんだろ」

吉五郎が松之介にいった。

「うん、そうだね。註にそんなことが書いてあるものね。さて、ここからが『農業往来』の本文だよ」

「ちょっとおいらは喉が渇いたな」

「ええ、そうね」

「こういうとき、ここにはいい水が湧いていていいな」

水のよくない白金村だが、ここにはどんな日照りに見舞われても決して尽きることのない泉があるのだ。水量はたいしたことはなく、ちょろちょろとした流れだが、一丈ばかりの高さがある岩の上から、岩肌を伝って落ちてくる水は夏でも冷たく、一気に飲むと頭がきんと痛くなるほどである。

お美代たち三人は、順番に並んだ。水を手のひらですくって飲みはじめる。

「ああ、うまい」

吉五郎が感嘆の声をあげる。

「こうして学問をしながら飲む水は、格別だなあ」

松之介が水を味わいながらしみじみいう。

「あんた、なんか年寄りくさいわね」

お美代もか細い流れに手のひらを差し入れ、水を飲もうとした。そのとき、いたたた、と吉五郎が体を折り曲げ、苦しみはじめた。

「どうしたの」

お美代はあわててきいた。吉五郎がゆがめた顔をあげる。額に脂汗が浮いている。

「なんか、急に腹が痛くなってきたんだよ。水にあたったのかな」

声をだすのも苦しそうだ。

「大丈夫かい」

松之介が吉五郎をのぞきこむ。その次の瞬間、あいたたた、と声をあげた。

「松之介も」

「痛いよ」

「どうしよう」

お美代は頭が真っ白になってどうすればよいか、わからなかったが、すぐに医者を呼ぶべきだと思った。

「ちょっとあんたたち、歩けるの。歩けるのなら、お医者に行くわよ」

「無理だ」

「歩けない」

二人はしぼりだすようにいった。

「わかったわ、いまお医者を呼んでくるから、ここで待っているのよ。動いちゃ駄目よ」

「わかったよ。早く呼んできてくれ」

吉五郎が息も絶え絶えにいった。このまま死んでしまうのではないか。そんな気がしてお美代は立ち去りがたかったが、二人をこのままにしておくわけにはいかない。駆けだし、雷神社の境内を飛びだした。

白金村には医者はいない。お美代の頭には、何人かの医者の名が浮かんでいる。ここから最も近い医者はあまり腕がよくない。腕がよくてここから近いところに診療所があるのは、とお美代は考えた。龍玄《りゅうげん》先生だわ。

龍玄は、白金猿町《しろがねさるまち》で診療所を構える腕のよい町医者である。元はさる大名の御典医だったという噂もあり、この界隈では評判の医者といってよい。それだけにいま診療所にいてくれるかどうか、お美代には心配だった。だからといって、足を運ばないわけにはいかない。

白金猿町はもう品川に近い町である。お美代は必死に走った。

龍玄がよたよたと駆けている。

「ちょっとお美代ちゃん、もう少しゆっくり行ってくれないか」

ぜえぜえと荒い息とともにいう。お美代は振り返った。

「先生、だって急がないと、あの二人、死んでしまうかもしれないわよ」

「このままじゃ、わしが死んでしまうよ」

「先生、太りすぎなのよ」

「肥えているのは確かだが、太りすぎというほどではないさ」

「太りすぎでしょ。おなか、すごく出てるじゃない」

「これは貫禄をつけるために、わざとやっているんだよ」

「貫禄って、先生、いくつなの」

「わしは来年五十だよ」

「今さら貫禄つけたって、遅いでしょ」

「お美代ちゃんは、相変わらず手厳しいの」

足を必死に動かしつつ、龍玄がぼやく。薬箱を持って龍玄のうしろをついてくる助手の若者は、にこにこと温和に笑っている。こちらは若い分、こうして走り続けていてもさほどこたえているようには見えない。

ようやく雷神社の杜《もり》が見えてきた。

「先生、あそこよ」

「ああ、あとちょっとだな。あそこまでなら、わしの心の臓ももつかもしれんな」

「もってもらわなきゃ、困るわよ」

お美代たち三人は、古ぼけた鳥居をくぐり、雷神社に駆けこんだ。陽射しがさえぎられ、一気に体が冷やされる。

「あそこよ」

お美代は泉のところを指さした。距離はまだ十間ほどある。二人は苦しがっているのか、気絶してしまったのか、泉のところでぐったりとへたりこんでいた。お美代は二人の名を呼んだ。吉五郎が力なく顔をあげた。

「生きているわ、よかった」

お美代はつぶやき、龍玄を二人のところに連れていった。

「あんたたち、大丈夫、死んでない」

「生きてるよ」

「こんなので、くたばったりしてたまるか」

二人が口々にいう。顔は青く、唇は紫色になっている。玉の汗が顔中に浮いていた。それでもお美代が龍玄を連れてきたことで、ほっとしたような表情になっている。

「なんだ、これは」

龍玄が少し戸惑いかけたが、すぐに二人の男の子を診はじめた。脈を診、舌の色を見る。ふむ、とうなって助手の若者に指示をだし、二包の薬を取りださせた。

「これを飲みなさい。楽になるはずだ」

竹筒の水で、薬を吉五郎たちに飲ませた。吉五郎たちは助かったというように飲んだ。しばらく待ったが、薬が効いてきたようには見えない。

「おかしいな」

龍玄が眉根をきゅっと寄せ、腕組みをする。

「この薬が効かんというと、水あたりではないのかな」

「先生、駄目なの。この二人、治らないの」

「いや、そんなことはない。治してみせる」

龍玄が力強くいい、もう一度、脈を診ようとした。

「どうしたのかな」

横合いから、のんびりとした声が投げられた。お美代が見ると、三間ばかり離れた杉の大木に背中を預けて日月斎が立っていた。横に永輝丸の入っている行商の薬箱が置かれていた。永輝丸と染め抜かれた幟《のぼり》が草の上に横たえられている。

「見ればわかるでしょう」

お美代は憤然としていった。

「この二人はおなかが痛いの」

「ひどいようだな」

「いつからそこにいたの」

「いま来たばかりだ。ちょっと涼もうと思って境内に入ってきたら、お美代ちゃんたちがいたんだよ」

そのあいだにも、龍玄の懸命の治療は続いている。

「先生、そんな効かない薬をやるより、この永輝丸をあげたらどうですか」

龍玄と助手の若者が、同時にじろりとした目を日月斎に向けた。二人とも胡散臭そうに見ている。

「その薬なら治せるというのか」

龍玄がきつい口調でいう。

「まあ、先生の処方する薬よりずっとましだと思いますよ」

「その薬は水あたりに効くのか」

日月斎がにやりとする。

「万病に効くんですよ」

「そんな薬があるものか」

「それがあるんですよ。先生、世の中は狭いようで、意外に広いんですよ。一所懸命医学を極めようと学問に励んだ先生が知らないことも一杯あるんですから」

「本当に効くのか」

龍玄が苦しみ続けている吉五郎たちを見る。焦りの色が面に刻まれているように、お美代には見えた。先生、相手にしちゃ駄目よ、といいたかったが、もし本当に日月斎のいう通り、永輝丸が効いたら、と思うと、その言葉は口にはだせなかった。

ちらりとお美代を一瞥してから、日月斎が大きく顎を引いた。

「効きますとも」

「効かなかったときはどうする」

「そんなことはまずあり得ませんが、わしが腹を切ってもいいですよ」

そこまで自信があるの、とお美代はこの日月斎の態度のほうが信じられなかった。どうしてそこまで確信が持てるのか。

まさか、という思いがよぎる。この男、毒を泉に入れたのではあるまいか。そういえば、とお美代は思いだした。吉五郎たちと『農業往来』を読んでいるとき、ちらりと人影が走ったような気がしたが、それは日月斎だったのではないか。しかし、証拠があることではなく、滅多なことは口走れない。実際、夏場には、子供にとって水あたりはなんら珍しいことではないのである。

「それだけの覚悟があるのか」

龍玄と助手は目をみはって日月斎を見ている。日月斎が深くうなずいた。

「よし、そこまでいうのなら、その永輝丸とやらを二人にのませてやってくれ」

「お安いご用ですよ」

にこやかにいって日月斎が薬箱と幟を取りあげ、近づいてきた。吉五郎たちのかたわらに薬箱を置き、なかから紙包みを取りだす。

「よし、二人ともこれをのみなさい」

二人の口をあけさせると紙包みを破り、さらさらと流しこんだ。龍玄の竹筒を借り、吉五郎たちに水を飲ませる。吉五郎と松之介はごくりと喉を上下させた。

「さて、これでよし。効いてくれるはずだ」

日月斎は真剣な目で、二人の男の子を見つめている。祈るような目にも見えた。そんな表情が、お美代にはなんとなく凛々《りり》しく見えてきたから、自分でも不思議でならなかった。

みるみるうちに、青ざめていた吉五郎たちの顔に血色が戻ってきた。それには、龍玄と助手も目を丸くしている。

「どうやら効いてきたようだ」

日月斎が吉五郎たちに声をかける。

「どうだい、おなかの具合は」

「あれ、なんか痛くない」

「あっ、ほんとだ。よくなってきてる」

二人は苦しみから確実に解き放たれつつあった。それから四半刻も経過した頃には、すっかり元気を取り戻していた。

「嘘みたいだ」

「すごい薬だね」

二人とも立ちあがり、満面に笑みを浮かべている。

「おなかが痛くないのが、こんなに楽だなんて、初めて知ったよ」

「健やかでいられるってのは、本当に大事なことなんだなあ」

吉五郎たちが日月斎に感謝の目を向ける。

「おじさん、ありがとう。すごい薬だね」

「そうだろう。しかし、とにかく二人が治ってよかったよ。わしも腹を切らずにすんだからね」

「本当によかった」

かたわらで龍玄がいった。

「では、わしらはこれで引きあげるよ」

「先生、ありがとうございました」

お美代は礼をいい、頭を下げた。

「お代は。あとで診療所に届けますから」

「いや、いいよ」

龍玄が静かに手を振る。

「わしはなにもできなかった。代はもらえないな」

「でも」

「いいんだ。本当にいらない」

龍玄が日月斎に歩み寄る。

「その薬、一袋、いただけないか」

「ええ、いいですよ。先生、どんな薬草が処方されているか調べるおつもりですか」

「うん、そのつもりだ。いけないか」

日月斎がほがらかな笑みを見せる。

「いえ、かまいませんよ。しかし、多分わからないとは思いますが」

「とにかくやってみるよ。代は」

「一朱です」

「意外に安いんだな」

「高くしてしまったら、庶民の手に届きませんからね」

「そいつはよい心がけだ」

永輝丸の包みを手にした龍玄が、助手とともに雷神社の境内を出てゆく。その背中はどこか寂しげに見えた。

「日月斎さん、ありがとう」

お美代はぺこりと頭を下げた。日月斎がゆったりと首を横に振る。

「いいさ、かまわないよ。たまたまこの神社にやってきたんだが、よかったなあ」

本当にたまたまだったのか、という疑いがお美代のなかでふくらんできたが、さっきの凜々しい日月斎の顔が思いだされ、本当に偶然来合わせたのだろう、と思うことにした。泉に毒を入れるような真似をする者が、あんな神々しささえ感じさせる顔ができるはずがなかった。

この一件はあっという間に村中に広まり、日月斎は村人たちの信頼を一気に得た。永輝丸は、品切れになるほどの売れ行きを見せ、手に入れることができなかった村人たちを失望させた。日月斎は、すぐにたくさん仕入れてきますから、と明るくいって村人たちを慰めた。

重兵衛とおそのが帰ってくるまでのあいだ、村名主の田左衛門の許しをもらい、日月斎は再び白金堂に住まうことになった。

三

興奮を隠せない。顔を赤くし、唾を飛ばしてくる。

「だから善吉、もっと落ち着けっていってるんだ」

惣三郎はうるさくいうが、善吉の興奮はまったくおさまらない。

「旦那、これが落ち着いていられますかっていうんですよ。本当に効いたんですから。それもすごい効き目ですよ」

「あのいんちき薬売りの永代丸とかいう薬のことか」

「永代丸じゃありませんよ。永輝丸です。まちがわないでください、旦那。永輝丸に失礼ですよ。それに日月斎さんは、いんちき薬売りなんかじゃありませんよ。ちゃんとした薬の行商人です」

こりゃまたすげえ入れこみようだな、と惣三郎はむしろ感心した。家々の屋根を越えて、朝日が斜めに射しこんでくる。今日もまた暑くなりそうだ。朝が早いこともあり、この町奉行所の大門の下は、まだひんやりとした大気が居座っている。しかし、それもあと半刻もしたら、店賃《たなちん》を払えなくなった店子のように、あっさりと追いだされてしまうのだろう。

惣三郎は確かめる口調でたずねた。

「親父の腰痛が、永輝丸をのんだら、治ったんだな」

「ええ、ええ、そういうこってすよ」

また唾が飛んできた。惣三郎は手のひらで顔をそっとぬぐった。今度飛ばしてきたら、殴りつけてやる、と心に誓う。

「もう信じられないですよ。あれだけ苦しんでいて、床から起きあがれなくなっていたのが、あれ、痛くなくなったぞ、といってすっくと立ったんですからねえ。親父もいろんな薬を試してきて、永輝丸も頭から信じようとしなかったんですけど、無理にでものませて本当によかったですよ」

善吉は涙ぐんでいる。

「よかったな、善吉。親父の腰痛が治ってなによりだ」

「旦那も喜んでくれるんですかい。うれしいですねえ」

「当たり前だ。おめえの親父とは長《なげ》えつき合いだ。なんといっても、俺の中間を長くつとめてもらったからな」

「ああ、さいでしたね」

「いろいろと仕事を教えてもらったし、とにかく治ってよかった。よし、善吉、仕事に行くぞ」

だが、善吉の足は動かない。その上、表情が一転、暗くなっている。肩も落ちていた。

永輝丸を絶賛していたときの元気が、どこかに飛んでいってしまっている。

「どうした、善吉」

「怖いんですよ」

「なにが。まさか俺の顔じゃねえだろうな」

「旦那の顔は鬼か閻魔《えんま》か仁王《におう》か、はたまた金剛神かってくらい、いつも怖いんですけど、そうじゃありません」

「おめえ、仁王と金剛神は同じだぞ。しかし、それはいい。――だったら善吉、いってえなにが怖《こえ》えんだ」

「薬ですよ」

「永輝丸のことか。永輝丸が怖いってのはどういうことだ」

「いえ、永輝丸が怖いんじゃないんですよ。まだ薬は残っているんですけど、あとたった四日分じゃないですか」

「永輝丸が切れるのが怖いのか」

「さいです。今日も含めて、あと四日分しかないんですよ。永輝丸が切れて、親父の腰痛がぶり返したら、と思うと、あっしは心配で気が気でないんですよ」

「また買えばいいじゃねえか。一朱が高《たけ》えっていうんなら、また俺がだしてやってもいいぞ」

「旦那が買ってくれるんなら、また甘えたいんですけど、日月斎さん、白金村にいないんじゃないですかね。あっしはそっちのほうが心配なんですよ」

「俺が追いだしたからな」

善吉がうらめしそうな顔をする。

「善吉、おめえ、そんな顔をするんじゃねえ。おめえだって、追いだして清々したみてえなこと、いってたじゃねえか」

「いいましたっけ」

「とぼけやがって。——もしあのいんちき薬売りが、ああちゃんとした薬売りだったか、白金村にいなかったら、木挽町に行けばいいさ。すぐに住みかなんて、わかるだろう。どうせ目立たねえやつじゃねえ」

「ああ、さいですよね」

善吉が愁眉《しゅうび》をひらく。

「納得したか。じゃあ、善吉、仕事に出かけるぞ」

「合点承知」

善吉の声にいっぺんに張りが出た。まったく現金な野郎だ、と惣三郎は思ったが、気持ちの換え方の素早さが善吉の持ち味でもある。

「それで旦那、今からどこに向かうんですかい」

惣三郎は足をとめ、鋭く振り向いた。おっ、と驚いたものの、善吉がなんとか立ちどまり、惣三郎にぶつからずにすんだ。

「おめえ、親父の腰痛が治ったのがうれしくて、仕事のことが頭からまるっきり飛んじまったな」

「すみません」

善吉が月代《さかやき》をかりかりとかく。

「あんまりうれしかったもんで」

ふう、と惣三郎はため息を漏らした。

「おめえの親孝行ぶりに免じて、忘れたことは許してやろう」

ありがとうございます、と善吉がぴょこんと頭を下げる。

「昨日、赤坂新町四丁目で、古傘売りの行商人の死骸が見つかっただろうが。検死医師は病死だとおっしゃったが、俺は殺しとにらんだ。その調べにこれから出るんだ。思いだしたか」

「ええ、さいでしたね。すっかり思いだしましたよ。旦那、あの町の絵の達者な手習師匠に人相書を描いてもらいましたけど、忘れずに持ってきましたかい」

「おめえ、母親みてえなことをいうな」

惣三郎は懐をぽんぽんと叩いた。

「ここに大事にしまってあるよ」

「見せてもらえますかい」

「おめえ、信じねえのか」

「いえ、ちがいますよ。仏さんの顔をもう一度見たいって思っただけです」

「そうかい。わかったよ」

惣三郎は人相書を取りだし、善吉に手渡した。善吉がしげしげと見る。

「ああ、この人でしたねえ。この人相書、うまいですね」

「ああ、本当にうめえ。できれば、番所で雇いてえくらいだ」

死者の特徴を実によく捉えている。生前の顔を実際に見ているような気にすらなる。

「いつもこのくらいの人相書があれば、身元捜しなんて、あっという間に終わっちまうような気がするんだがな」

「本当に雇ってもらったらどうですかい。それか、人相書が必要になるたびに、あの手習師匠に来てもらうとか。絵を描くのが三度の飯より好きなんでしょう。頼めば、すぐに飛んできますよ」

「そうかもしれねえな。よし、今度またあの近くで事件が起きたら、あの手習師匠に来てもらうことにしよう」

惣三郎は善吉を連れて、赤坂新町へと向かった。町に着き、自身番に一度顔をだしてから、赤坂新町四丁目以外の界隈の聞き込みをはじめた。四丁目をはずしたのは、昨日、町役人にきいたとき、古傘売りの行商人のことを見知っている者が一人もいなかったからである。

赤坂元馬場や氷川門前町、南部坂をくだってすぐの麻布谷町《あざぶたにまち》、その先の今井三谷町などをまず当たった。行き当たる者に人相書を見せ、剣術道場の看板を見たら必ずなかに入っていった。死んだ古傘売りの行商人の手には、剣だこがあったからである。

しかし、なかなか古傘売りの行商人のことを見知っている者には行き当たらなかった。

それでも惣三郎はいつもの怠け癖を抑えこみ、汗水垂らして聞き込みに励んだ。

「旦那、いったいどうしたんですかい」

善吉が心から感服したという顔でいう。

「こんなにまじめに仕事をするなんて、何十年ぶりじゃないんですかい」

「お生憎さまだが、俺はまだ三十五年しか生きていねえんだ。だから、何十年ぶりなんてことは、あり得ねえんだよ」

「旦那が三十五だってことはあっしだって知ってますよ。何十年ぶりってのは、言葉の綾《あや》ですよ。冗談でいったんですから。旦那、冗談も通じなくなったら、人間、おしまいですよ」

「おめえみてえな、もう終わってるやつにいわれたら、本当にしまいだって気になってくるものなあ。ああ、首をくりたくなるぜ」

「旦那、駄目ですよ」

善吉が強い口調でいう。

「首くくりは、汚くなってしまいますからねえ。死ぬのなら、やっぱり毒ですよ」

「おめえには、死のうとする俺をとめようって気はねえのか」

「えっ、ああ、ええ。もちろんとめるに決まっているじゃありませんか。旦那、死んじゃあいけませんよ」

「へっ、取って付けたようにいいやがって」

「しかし旦那、どうしてこんなに熱心に仕事をしているんですかい」

「なんとなくだ。それ以上の意味はねえ」

「本当ですかい」

善吉がにやにやしている。

「なんだ、その変な顔は」

「変な顔は生まれつきですから、文句は二親にいってください。旦那、本当は重兵衛さんがいなくなって寂しいからじゃないんですかい」

「重兵衛がいなくなって寂しいのは確かだが、それがいってえどうして仕事に励むことにつながるんだ」

「気晴らしに旦那は仕事に励んでいるんじゃないかってあっしはにらんでるんですけど、ちがいますかい」

「ふむ、気晴らしか」

顎に手を当て、惣三郎は考えこんだ。すぐに顔をあげる。

「確かにそうかもしれねえ。自分じゃあまり考えたことはなかったが、仕事に没頭することで重兵衛のいねえ寂しさを紛らわそうとしていたのかもしれねえな」

「さいでしょう」

善吉は鼻高々だ。

「たまにはおめえも人の本質をつくってことがあるんだなあ」

「たまにってことはありませんよ。あっしは昔の戦国武将のように、めぐりのよい頭をしているんですから」

「戦国武将ねえ。おめえとは一番かけ離れている連中だな」

「そんなことありませんよ。あっしは軍記物を好きでよく読んでいるんですけど、読むたびに、ああ、この人はあっしにそっくりだといつも思う武将がいますよ」

「その風変わりな戦国武将って、いってえ誰のことだ」

善吉が胸を張る。

「上杉信玄ですよ」

「なんだって」

惣三郎はいぶかしげな顔になった。

「誰だ、そいつは。というより、それはどっちのことをいってるんだ」

善吉が負けじと不思議そうな顔つきになる。

「旦那、いったいなにをいっているんですかい。どっちというのは、どういう意味なんですかい」

「言葉通りの意味だ。その上杉信玄ってのは、物語のなかの武将か」

「ちがいますよ。実在の人物です。なんといっても、越後《えちご》の虎といわれた武将ですからねえ」

「ああ、上杉謙信のことか」

「ええ、さいですよ。さっきからそういってるじゃありませんか。——あれ、旦那、あっしはなにかちがってましたかい」

「ああ、立派にちがっていたさ。しかし、わからねえならそれでいいやな。気にすんな」

善吉の肩を軽く叩いてから、惣三郎は空を仰ぎ見た。聞き込みをはじめてからずいぶんと時間がたったようで、太陽は中天をすぎている。日がますます猛《たけ》る刻限だが、ありがたいことに今日は厚い雲が出てきて、ほとんどの陽射しをさえぎっている。涼しいとはいわないまでも、だいぶすごしやすい。道を行く者たちも軒下を選ぶことなく歩いているが、老若男女を問わず、どことなく笑みを浮かべている者が多いような気がする。暑いとどうしても眉間にしわを寄せてしまうが、今日はそれがないということではないか。

「善吉、腹が減ったな」

「ええ、まったくですね」

「ちょっと遅くなっちまったが、どこかで昼餉にするか」

「ええ、そうしましょう」

善吉がほっとした顔をする。

「なんだ、待ちかねていたのか。いえばよかったじゃねえか」

「いえ、旦那が珍しく仕事に励んでいるのに、それに水を差そうなんて気には、とてもなれませんから」

「珍しくっていうのは気に入らねえが、そうさな、俺もいい腹の減り方をしている気がするな。仕事に励むってのは、こういう利点もあるんだな。こいつは、さぞかし飯がうめえことだろうぜ」

「旦那、楽しみですね。それで、なにを食べますかい」

「おめえはなにを食べてえんだ」

「丼物《どんぶりもの》ですかね」

「ならば、鰻丼《うなどん》でも食べるか」

「えっ、いいんですかい。高いですよ」

「高いが、たまにはよかろう」

「旦那、まさかまたたかろうなんて考えているんじゃないでしょうね。いけませんよ」

惣三郎は善吉の頭を拳で殴った。くけん、という音がした。

「なんだ、また妙な音がしやがった」

「い、痛い」

善吉が頭を抱え、しゃがみこんでいる。

「旦那、今の音はもしや頭蓋《ずがい》が割れた音じゃありませんかい」

「案ずるな。おめえの石頭は今くらいの拳骨《げんこつ》じゃあ、まず割れねえよ」

「ほんとですかい」

「ああ、本当だ」

善吉が立ちあがる。少しよろけた。

「ああ、痛かった。しかし旦那、どうして殴るんですかい」

「俺がたかるなんていうからだ」

「じゃあ、たからないんですね」

「当たりめえだ」

「どこかうまい鰻丼を食わせる店、知っているんですかい」

「当ったりめえだ。俺がどんだけ雪駄を履き潰してこの界隈を歩きまわったか、知らねえおめえじゃあるめえ」

「ああ、さいですねえ。旦那、早く連れていってください」

「ついてきな」

惣三郎が善吉を連れていったのは、飯倉片町だった。名の通り、この町は道の北側だけが町地になって町屋が軒を連ねている。

「ここだ」

惣三郎は一軒の店の前で足をとめた。小窓から香ばしさをまとった煙が勢いよく出ている。惣三郎はそのにおいを存分に吸った。横で善吉も目を閉じ、同じことをしている。

「ああ、いいにおいですねえ。たまらないですよ」

「よし、入えるぞ」

惣三郎は、冨久家《ふくや》と染め抜かれた暖簾《のれん》をさっと払った。

善吉が腹をなでつつ歩いている。自然に笑みがこぼれる感じだ。

「ああ、うまかった。鰻は香ばしく焼きあがってるのに、やわらかな身をしていて、箸でつかむとちぎれましたねえ。あんなにおいしい鰻、あっしは初めて食べましたよ。たれもほんのりと甘辛く、絶妙な感じで鰻に絡んでましたねえ」

ごくりと善吉が喉を鳴らす。

「さっき食べたばかりなのに、また食べたくなってしまいましたよ」

「実は俺もだ」

「あの店主、ただ者じゃありませんね。どこで修業したんですかね」

「沼里《ぬまさと》だ」

善吉がきょとんとする。

「沼里ってどこですかい」

「おめえ、そんなことも知らねえのか。東海道五十三次の一つじゃねえか」

「えっ、さいでしたか。ああ、いわれてみれば遠州《えんしゅう》にそんな町がありましたね」

「馬鹿、遠州じゃねえ。駿州《すんしゅう》だ」

「たいした変わりはないじゃないですか」

「おめえにはそうなんだろうよ。おめえには九州も四国もたいした変わりはねえだろうからな」

「九州も四国も行ったことがないですから、あっしにとっては、ほんとに同じようなものですよ。正直、どこにあるか、知りませんものねえ。それで旦那、今の冨久家の店主が沼里で修業をしたっていうのは、まことの話なんですかい」

「ああ、まこともまことだ。店主はもともとが沼里の出で、冨久家という鰻屋でずっと働いていたそうだ。それで沼里のあるじから許しを得て暖簾分けしてもらい、江戸に夫婦でやってきたそうだ。冨久家の味なら、江戸でも十分に勝負できるって確信があったらしいんだな」

「なるほど。もう十分に勝負になってますものねえ。店は昼時を少しすぎていたというのに、満杯でしたもの」

「ああ、店主の確信は勘ちがいなんかではなかったということだな。まだ若《わけ》えのに、てえしたもんだ」

　鰻という精のつく食べ物を胃の腑におさめて、すっかり元気を取り戻した惣三郎は善吉とともにさらなる聞き込みを行った。

　そしてついに、古傘売りの行商人の男が出入りしていた蕎麦屋を見つけたのである。赤坂新町四丁目で死んでいたのだから、赤坂麻布界隈を調べ続ければ、きっと手がかりがつかめると信じた惣三郎の執念が実った瞬間だった。店は麻布広尾町の一画にあり、名を茂《も》登坂《とさか》といった。

「おい、本当にまちがいねえんだな。この人相書の男はこの店によく来ていたんだな」

「はい、さようです」

実直そうなあるじが身を縮めるようにして答える。

「しつこいようだが、もう一度見てくれ」

惣三郎は人相書をあるじの前に掲げた。あるじが律儀に人相書をまじまじと見つめる。

「はい、まちがいありません。このお方はうちによくいらしていました」

「そうかい。まちがいねえのかい」

惣三郎は大きく息をつき、小上がりに腰をおろした。

「旦那、やりましたね」

「ああ、やった。しかし、まだまだこれからだな。ほんの一歩目を印《しる》したにすぎねえ」

惣三郎は、そばに立ったままのあるじを見あげた。

「この人相書の男が最後に来たのはいつだ」

あるじが首をひねる。

「三日前でしたかねえ」

「ええ、三日前でまちがいありませんよ」

あるじのうしろに控えていた女房が、首を伸ばすようにして話に割りこんできた。

「その人が見えていたとき、私が片づけるときに茶碗を割ってしまい、その人たちの話を途切れさせてしまったものですから」

「その人たちって、この男は一人で来ていたわけじゃなかったのか」

惣三郎は女房にたずねた。

「はい。いつも奥の座敷に陣取って、ほかの三人の男の人と、額を集めてよくひそひそ話をしていましたよ」

「ほかに三人の男がいたのか」

「はい、その三人とも似たような歳の頃で、行商人でしたね」

「四人はどんな荷を扱っていた」

「人相書の人は古傘で、二人が小間物、あとの一人が塩でした」

「四人は、名を呼び合っていたか」

「はい。人相書の人は、くにべえさん、と呼ばれていました。どんな字を当てるか、わからないんですけど」

くにべえか、と惣三郎は思った。国兵衛、久仁兵衛、邦兵衛のどれかではないか。いずれにせよ、手がかりであるのは紛れもない。

「ほかの三人の名はどうだ」

「いえ、それが覚えていないんですよ。互いに呼んでいたのはまちがいないんですけど、すみません」

「いや、謝る必要はねえ」

惣三郎はあるじに視線を移した。あるじがすまなさそうに身を縮める。

「手前も覚えていません」

そうかい、と惣三郎は気にするそぶりを見せずにうなずいた。あらためて二人にきく。

「四人はこの店へと、いつも決まった刻限に集まってきていたのか」

「そうですねえ」

女房が眉間に深いしわを寄せて考えこむ。

「ええ、だいたい決まっていましたね。八つ頃だったように思います。一番忙しいときがすぎて、お店が暇になり、たいてい奥の座敷が空いているときでした」

「どんな話をしていたか、わかるか」

「あの、お役人」

女房が遠慮がちに呼びかけてきた。

「その人相書の人、どうかされたんですか」

「死んだんだ」

「ええっ。どうしてですか」

「検死医師は心の臓の病だといっている」

「心の臓ですか。悪いようには見えなかったのに、人というのはわからないものですね」

「まったくだ。それで俺たちは身元捜しに精だしているというわけだ」

「そういうことでしたか」

女房もあるじも納得した顔つきになった。

「この亡くなった人とほかの人が、どんな話をしていたかは、すみません、わかりません。きき耳を立てるわけにもいかないですし、声もとても小さかったですから」

そうだよな、と惣三郎は相づちを打った。ほかにきくことはあるか、自問してみた。今のところ、見つからなかった。

「話はこれで終わりだ。ちと小腹が空いたな。俺たちにざる蕎麦を一枚ずつ頼む」

「あっ、はい、ありがとうございます」

女房とあるじが厨房に小走りに駆けこむ。

「旦那、ほんとに小腹が空いているんですかい。鰻丼は高いだけあって、腹持ちがすごくいいですからねえ」

善吉が小声でいってきた。

「いや、たいして空いてねえさ。ちとここの蕎麦切りを食べてみてえんだ。理由はあとで教えてやる」

「食べるのに、理由が必要なんですかい」

「今日の場合はな」

蕎麦切りが運ばれてきた。惣三郎と善吉は箸を使ってさっそく食べはじめた。ずるずると音を立てて食べたほうがうまいが、ここの蕎麦切りはあまりうまくなかった。やはりな、と惣三郎は思った。熱々の鰻丼にかかった半分以下の時間で食べ終えて、惣三郎は勘定を支払った。あるじはいりません、と固辞したが、無理に多めの額を手渡した。

「えっ、こんなに受け取れません」

「いいってことよ。もらっておいてくれ。その代わり、頼みがあるんだ」

あるじとそばに立つ女房の顔に、警戒の色があらわれた。

「そんなに身構えるようなことじゃねえんだ。安心してくれ」

はあ、とあるじがいった。女房は無言だ。ささやくような声で、惣三郎は頼み事というのを口にした。それをきいて、あるじが安堵の色を見せた。

「はい、そのくらいでしたら、なんとかできると思います」

女房も横でうなずいている。

「じゃあ、頼んだぜ」

惣三郎は時間と手間を取らせたことに対し、厚く礼をいって蕎麦屋をあとにした。蕎麦屋から半町ばかり離れたとき、善吉がうしろからいった。

「残念ながらおいしいとはいいがたい蕎麦切りでしたねえ、旦那」

「まあな。しかし、それは予期できたことだな」

「えっ、旦那ははなからうまくないってわかっていたんですかい」

「まあ、そうだ」

「どうしてですかい」

「うまい蕎麦切りだったら、くにべえを含めた四人の男は好きであの蕎麦屋に集まっていたとも考えられる。しかし、あの蕎麦切りの味で常連というのは、信じられねえな。きっと四人の男は、あの蕎麦屋をつなぎの場所に使っていたんじゃねえのか」

「ああ、なるほど。奥の座敷でなにか四人でひそひそ話をしていたと女将《おかみ》さんがいってましたけど、繁盛していない店のほうがその手の話をするときは都合がいいですからね。旦那は四人の男がわざとあのうまくない蕎麦屋を選んで、つなぎの場所にしていたとにらんだんですね」

「おめえにしちゃあ、うまくまとめたもんだ。ああ、そういうことだ。だから、蕎麦切りの味見が必要だったんだ」

「四人は何者ですかねえ。やっぱり元は侍で、間者なんですかね」

「いずれもただの行商人でないのは確かだろうな。行商人は仮の姿だ。前にもいったが、小間物売りなんかは、探索の際の変装に用いられるのは、珍しくもねえ」

「さいですねえ」

善吉が考えこむ。

「四人の男はやっぱりなにかを探索していたんですかねえ。探索されている側が気づき、口封じに殺したんですかね」

「考えられねえことはねえな」

「ほかの三人は、仲間の死を知っているんでしょうかね」

どうかな、といって惣三郎は首をひねった。

「知っているかもしれねえし、知らねえかもしれねえ。とにかくあの夫婦が頼んだことをしてくれるかどうかに、かかっているな」

「三人の男が来たら、この町の自身番に使いを走らせるだけでしょう。きっとやってくれますよ」

「しかし、人というのは、今はいいとしても、時間がたつと面倒くさくなっちまう生き物だからな。正直、あまり期待できねえとは思っているんだ」

「ああ、それは確かにいえますね」

「あの実直そうなあるじなら、やってくれるんじゃねえかとは思っているんだがな。善吉、とにかく、広尾町の自身番に寄ってくぞ。あの蕎麦屋から使いが来たら、三人の男のあとをつけてくれるよう、家主たちに頼んでおかなきゃいけねえからな」

わかりました、と善吉が快活にいった。

「あっしは旦那の行くところなら、どこへでもお供しますよ。たとえ火のなか、水のなかですよ」

へっ、と惣三郎は笑った。

「ただ自身番へ行くだけなのに、まったく大袈裟な野郎だぜ」

四

襲ってきたあの十人の侍は、この土地の者ではない。それはもはや疑いようがない。まずまちがいなく江戸からやってきたのだろう。いわゆるよそ者である。

そうであるなら、と重兵衛は考えた。やつらが身を寄せられる場所は限られているのではないか。

十人もの侍が逗留《とうりゅう》できるところというと、どこか。旅籠《はたご》に寺、神社、富農、富商といったところではないか。

そのほかに、どういう場所が考えられるだろうか。武家屋敷というのも考えられるが、もしそうだとするなら、あの十人を江戸から呼んだのは諏訪家の家中の者ということになってしまわないか。もちろん、それは考えられないことでは決してないが、やつらが家中の屋敷にいるかもしれないというのは、今は考えないことにした。

十人一緒に泊まるというのはさすがに目立たざるを得ないから、数人ずつ旅籠などに投宿していることも考えられる。だが、昨夜、あれだけのまとまりのある動きを見せた者たちが別々の宿に泊まっているとは、なんとなく考えにくい。分かれて泊まっているという考えも、今は措いておくことにした。

昨夜、襲われたことは輔之進の上司である景十郎はすでに知っている。昨夜、輔之進が屋敷を訪ね、景十郎に伝えたのである。

そして今日、重兵衛と輔之進は、夜が明けると同時に屋敷を出て、昨夜男たちが消えていった諏訪大社の上社前宮の近くの寺社を徹底して当たった。こんなわかりやすいところにやつらがひそんでいるとは思えなかったが、そういう場所を無視することはできない。

案の定、やつらを見つけることはできなかったが、重兵衛たちに失望はなかった。その後、重兵衛と輔之進はいったん下諏訪宿に戻り、街道沿いに立ち並ぶ旅籠の群れに次々に探りを入れていった。

しかし、こちらもまったくの空振りに終わった。江戸から来た十人の侍が泊まっているような痕跡を、見つけることはできなかったのである。

あっという間に夕暮れがやってきたことに、重兵衛は驚きを隠せなかった。それだけ無我夢中に動いていたということだろうが、夏の日の長さというものがまったく生かされていないような気がして、落胆が全身を浸した。しかし、いつまでもがっかりしてはいられなかった。吉乃とお以知を助けださなければならない。二人は助けが来るのを信じて待っているにちがいないのだ。その期待に、なんとしても応えなければならない。

日が暮れてからも、下諏訪宿にやってくる旅人はあとを絶たなかった。重兵衛たちは、街道沿いに提灯が一杯に灯されたことで、まだ当たっていない宿が一軒だけあることに気づいた。重兵衛が江戸に出ているあいだに、新たに開業した宿があったのである。

将棋屋《しょうぎや》という名の旅籠だった。変わった名だが、旅籠であるのは紛れもない。昼間は戸を閉めていて、旅籠であるとわからなかった。建物の横に掲げられた看板だけ見て、将棋の駒や将棋盤を扱っている店であると勝手に判断していたのである。このあたりは探索の素人になってしまったようで、重兵衛は内心、忸怩《じくじ》たる思いを抱いた。もちろん、輔之進が一緒にいるからそのことは口にすることはなかった。

暖簾を払うと、ろうそくが灯された土間は大勢の旅人であふれかえっていた。侍は一人もいなかった。全員が町人と思える者である。耳に届く言葉からして、上方からやってきた者がほとんどのようだ。そろいの着物を着用していることから、なにかの講かもしれない。歳のけっこういった女も少なくなく、その口数の多いことには、輔之進も圧倒されていた。広い土間には、かしましさが満ち満ちていた。

「忙しいところをすまぬが」

まさに戦場のように人が行きかっている土間で、輔之進が番頭らしい者をつかまえ、声をかけた。一瞬、重兵衛たちを見て眉をひそめたが、すぐに思い直したように番頭がていねいに向き直った。もみ手をしていう。

「は、はい。なんでございましょう」

「つかぬことをきくが、この宿には侍が逗留しておらぬか」

番頭が不思議そうな顔つきになる。

「はあ、お侍でございますか」

ちょっと戸惑ったような表情になった。

「当宿には今夜、逗留しておられません。昨夜はお武家さまがお一人、お供のお方が三人、泊まっておいででしたが、今宵は一人もいらっしゃいません」

「これから泊まる予定は」

「はい、もちろんございます。しかし、明日とあさっては、今日と同じく江戸見物に行かれる上方の町人の皆さまばかりでございます。しあさってに、お武家がお一人いらっしゃる予定になっています。供の方がお一人とうかがっております。こちらは事前のお文にて承っております」

しあさってのその客はちがうな、と重兵衛は思った。それでも、念のために輔之進が番頭にたずねる。

「その侍はどこから来る」

「はい、播州《ばんしゅう》とうかがっております」

京よりさらに西にある国である。

「播州か」

つぶやいて輔之進が重兵衛を見る。重兵衛は、出よう、と目で告げた。

「忙しいところ、すまなかった。これで終わりだ。失礼する」

輔之進がていねいに頭を下げ、きびすを返した。重兵衛も礼をいってから、輔之進に続いた。

「やつら、いったいどこにひそんでいるのでしょう」

将棋屋の真ん前の路上に出てすぐに輔之進が口をひらいた。声に苛立たしさがまじっている。重兵衛は諭すようにいった。

「諏訪だけでもまだまだ調べていない神社仏閣はいくらでもあるし、輔之進、焦ることはない。といいたいところだが、吉乃どのとお以知のことを考えると、そうもいってはおられぬな」

なにしろ吉乃は輔之進の大事な妻なのだ。二人は深く想い合っている。早く吉乃を輔之進のもとに返してやりたい。今の重兵衛の思いはそれだけである。

だから屋敷にいても、輔之進の前ではできるだけ、おそのと仲むつまじいところを見せないようにしている。むろん、重兵衛はおそのに、その理由をよくよくいいきかせてある。きらいになったから冷たくしているわけではないのだ、と。輔之進は重兵衛たちの気遣いを感じ取っているようだが、気づかないふりをしている。確かに、このことで礼をいわれても重兵衛は困ってしまう。

「義兄上、今日のところは屋敷に戻りましょうか」

輔之進が提案するようにいう。重兵衛は顎を深く引いた。

「輔之進がよいのなら、俺はかまわぬ」

「義兄上、お疲れではありませぬか」

「疲れておらぬ。いや、これは嘘だな。少しだけだが、疲れが出ている。だが、吉乃どのとお以知のことを考えれば、やはり疲れたなどといってはおられぬ」

輔之進がかたく唇を嚙む。夜空を見あげた。

「ああ、早く救いだしてあげたい」

暗くなった空に、吉乃の顔を描きだしているような瞳をしている。すぐに気づいたように輔之進は提灯に灯を入れた。

「お待たせしました。義兄上、まいりましょうか」

重兵衛と輔之進は肩を並べて、屋敷への道を歩きはじめた。

ほんの半町も行かずに、重兵衛たちは足をとめることになった。よく見知った顔が一軒の宿から出てきたからである。二人の供を連れた目付頭の景十郎である。

景十郎が出てきたその宿は、下諏訪宿で唯一の本陣である岩波家《いわなみや》だった。今夜は大名の泊まりはない様子で、宿は静寂の幕にすっぽりと覆われていた。

本陣というのは大名が泊まる宿だけに、庶民は宿泊が許されていない。格式だけが高くて、さほどの実入りはないともいう。それゆえ、台所事情が思わしくない宿が多いときいたことがある。

　今宵のようにほかの旅籠がどこもにぎわっているときに、宿場から一軒だけ切り離されたようなこの静けさでは、確かに家業を続けてゆくのは相当苦しいのではないか、と同情を寄せざるを得なくなる。

　景十郎もそこに重兵衛たちがいることに気づいたが、それとわかる程度の会釈をしてきただけで、二人の供とともに重兵衛たちの前を足早に通りすぎていった。

　景十郎どのは岩波家を調べているのか、と重兵衛はなんとなく思った。輔之進はどうして景十郎がこの宿にいたのか、理由は知っているのだろうが、重兵衛に語るつもりなどないだろう。むろん、目付である以上、そうでなくてはいけない。

　重兵衛たちは無言で、再び甲州街道を歩きだした。ほんの数歩も行かないうちに、重兵衛はどこからか視線を感じた。またか、と思ったが、この前の視線とはちがうような気がする。なにか視線の質が異なるのである。この前のはじっとりと粘っていたが、今回のはそういうものはない。視線の主がちがうのではないか。

　どこから見ているのか。背後からなのは紛れもない。重兵衛はそれとなく振り返った。まだ多くの旅人たちが行きかい、宿の女中たちが旅人の手を引っぱるという光景が、いたるところで見られる。

視線の主をさりげなく捜していたら、蓋をされたように視線は消えた。どこから見ていたのか、特定することはかなわなかった。以前なら、こんなことはなかったのではないか。やはり相当なまっている。稽古をし直さなければならない。

輔之進がいぶかしげに見ている。

「また視線ですか」

「ああ」

「どこからかわかりましたか」

重兵衛は苦笑するしかなかった。

「輔之進、それはきいてくれるな」


そっと暖簾をおろした。さすがにどきどきしている。路上で立ちどまった興津重兵衛が、なんとなくこちらを見たような気がしたからだ。

余計なことをしただろうか。暖簾を払って、あの男の背中をじっと見るような真似はすべきではなかったのではないか。

今にも重兵衛たちが暖簾を乱暴に払ってやってくるのではないか、と思って心の臓が痛くなった。だが、いくら待っても、二人はあらわれなかった。気づかれなかったのだ。さすがにほっとする。

つまりは、と思った。うまくやれたということだ。ぼろは出なかったのである。興津重兵衛たちが調べに来ることは予期していたから、しっかり落ち着いて応対できたということなのだ。こちらの妙な雰囲気や気配を気づかれるようなことはまずなかったはずだ。どのみち、嘘はいっていない。

十人の侍が泊まっていたのは、おとといまでだ。昨日の朝、出ていった。しばらく諏訪にとどまるとのことだから、どこかに今も逗留しているのだろうが、それがどこかは知らされていない。秘密というのは、知っている者が少ないほどいい。

自分はその程度の秘密すら教えてもらえない立場にいるというのが、なんとなくおもしろくなかったが、それは仕方のないことだ。今は旅籠の仕事のほうがおもしろくなっている。できれば、ずっとこの仕事を続けたい。

よし、お頭に興津重兵衛たちがやってきたことを知らせなければならない。

将棋屋といういっぷう変わった名の旅籠の番頭は、ちょっと出てくる旨を手代に告げて街道を歩きはじめた。

おそのがわかしてくれた風呂に浸かって、今日の疲れを取った。温泉が豊富な地だが、残念ながら屋敷の風呂は温泉ではない。風呂から出た重兵衛は、輔之進と一緒に夕餉をとった。今夜のおそのの献立は、山菜のおひたし、梅干し、豆腐の吸い物、漬物というものだったが、五分づきの飯がすばらしくおいしく、輔之進をして、やはりそれがしが炊いたものとはまったくちがいます、といわしめたほどだった。

夕餉のあと重兵衛はまた薬研を引き、お牧のための薬湯をつくりあげた。上手なものですね、と輔之進がほめてくれた。薬湯をたっぷりと入れた湯飲みを持ち、重兵衛と輔之進はお牧を見舞った。

お牧は顔をしかめて薬湯を飲んだが、昨日よりは味に慣れたようだ。薬湯が効いているのか、熱もだいぶ下がってきており、顔色もかなりよくなってきていた。重兵衛から見ても本復が間近というのがわかり、もちろん油断は禁物だが、気がかりの種が一つ取り払われた。

その後、重兵衛は庭に出て、一人、木刀を振った。四半刻ほど続けたら、汗が全身を濡らした。また風呂に入りたくなったが、井戸で水を浴びることで汗を流した。自分の部屋に行き、書見をはじめた途端、おそのがやってきて来客を告げた。

「どなたかな」

どうやら目付頭の景十郎がやってきたようだ。すでに客間に通してあるということで、重兵衛は着替えをすませて客間に急いだ。

そこには輔之進もすでに来ていた。

「遅くなり、申しわけありません」

重兵衛はいって輔之進の横に正座した。

「いや、夜分、勝手に押しかけたのだ。こちらのほうこそ申しわけない」

隅で行灯の灯が揺れている。景十郎の瞳がその淡い明かりを受けて、きらりと鋭い光を放った。なにか決意を抱いて、この屋敷にやってきたのが重兵衛には知れた。

吉乃とお以知のことでなにかあったのだろうか。重兵衛の胸をよぎったのは、そのことだった。悪いことでなければよいが、と祈るしかなかった。

景十郎が軽く咳払いした。同時に行灯から煤《すす》があがり、天井をめがけてゆく。天井に達する前に霧散した。

「今宵、俺が話に来たのは、吉乃とお以知のことではない。あの二人については、俺のところにかどわかした者から、なんのつなぎもない。それはこれまでとなんら変わりはない。輔之進に対しても同様だろう。誰がいったいどんな目的で、二人をかどわかしたのか、さっぱりわからぬ」

常に冷静な景十郎には珍しく、少し苛立った様子を見せた。相手からつなぎがあれば、打つ手もあるのだろうが、ただかどわかされただけではなにもできない。縁者をかどわかされた者たちは、当てもなく捜し続けることしかできない。むろん、ほとんど成果もあがらない。苛立ちだけが募ってゆく。そのことがわかっていて、かどわかした側も沈黙を貫いているのではないか。

「先ほど岩波家の前で会ったな」

不意に景十郎が口をひらいた。はい、と重兵衛はいった。輔之進は首肯し、よく光る目で景十郎を見つめている。

「俺が公儀の命により調べているのは、あの本陣だ」

「あの、それがしに教えてしまってもよろしいのですか」

重兵衛は確かめた。景十郎が深いうなずきを見せる。

「おぬしにはよいだろう、と俺は判断した」もともと目付だったしな。他言は一切せぬ男であることもわかっている」

横で輔之進が顎を上下させた。

「岩波家が、公儀ににらまれるような悪事をしているのですか。もしくは、悪事に荷担しているのですか」

「いや、それはまずないと俺は考えている。それならばなぜ岩波家を調べているのかとい

うと、ここ二年のあいだに、参勤交代の途上、あの宿に泊まった大名が三人も急死してい
るからだ。江戸への途上が一人、領国への帰国の途中が二人だ」
それをきいて、重兵衛は驚いた。二年で三人というのは、やはり多いといえるだろう。
参勤交代の場合、長旅になる大名が少なくないだけに、老齢の当主が客死することはさほ
ど珍しいことではないのかもしれないが、同じ宿で三人も、というのは、ほとんど例がな
いのではあるまいか。
「公儀は、その三人の大名は殺されたと考えているのですか」
「確信を抱いているわけではないようだ。少しおかしいのではないか、と考えている節が
ある」
「その三人というのは、岩波家で亡くなったのですか」
「いや、岩波家を出立してしばらくしてから亡くなっている」
「それでは、岩波家は関係ないのではありませぬか」
「それが関係あるのだ。岩波家を出立する前に、三人が三人とも体の不調を訴えていたの
だ。少しくらいの不調では、費えがかかるのを避けるために、どの大名も無理をしてでも
宿を出る。今は、どの大名家も台所事情が逼迫《ひっぱく》している。よほどのことがない限り、当主
の少々の不調を慮《おもんばか》って宿を出ぬ家など、一つもあるまい」

それはそうだろうな、と重兵衛は思った。

「三人とも出立前に体の不調を訴えていたとのことですが、それは毒を盛られたからでしょうか」

うむ、と景十郎がいった。

「それが最も考えやすいな。しかも、盛ったそのときにはさほど効かず、あとでじわじわと効果が出る類の毒ということになる」

重兵衛は目を見ひらいた。

「そんな毒があるのですか」

「それは正直、俺にもわからぬ。しかし、南蛮渡りの毒薬には、あるいはそのようなものがあるのかもしれぬ」

南蛮渡りか、と重兵衛は思った。もし南蛮渡りの毒薬が使われているとして、長崎から入ってきているのか。それとも、抜け荷によってひそかに何者かの手に渡っているのか。

「毒を盛ったのは、岩波家の者がやったのでしょうか」

景十郎がむずかしい顔になる。

「最初にいったが、岩波家の者が荷担しているとは俺は思っておらぬ」

景十郎が唇を湿らせる。

「本当のことをいえば、これまで何度か岩波家に立ち入り、あの本陣のことは調べているのだ。しかし、なにも出てこない。怪しい者もおらぬ」

「毒を盛ったのが岩波家の者でないとしたら、外から入りこんできた者の仕業ということになります」

「その通りだ」

景十郎が深い息をつく。

「本陣はともかくとして、大名家の当主に対する警護というのは実に厳しい。それをかいくぐって大名に毒を飼い、翌日に病に見せかけて殺すなどということが、本当にできることなのか」

「実際、岩波家の者でもむずかしいことでしょうね」

「そうだな。しかし、本陣の者が毒を飼うとなれば、どこかに用意された隠し部屋を使って、ということが考えられぬでもない」

「隠し部屋ですか」

「本陣において大名が就寝する部屋というのは、決まっている。深夜、その部屋に忍びこむことができる隠し部屋があれば、あるいは毒殺もやってのけられるのではあるまいか」

重兵衛は、景十郎が何度か岩波家に立ち入って調べた理由がようやくわかった。むろん、岩波家の家人や奉公人に怪しい者がいないか探ってはいたのだろうが、最も大きな理由は母屋内に隠し部屋がないか、確かめていたのだろう。

確かに、隠し部屋があれば、いくら警護が厳しいといっても、毒殺を成功させられる度合はかなり高くなるのではないだろうか。大名が就寝する部屋の外には宿直《とのい》の者が寝ずの番につくのだろうが、部屋のなかはどうだろうか。大名以外、一人もいないのではないか。大名の最も近くで寝るのは、隣接する控えの間で就寝する者たちだろう。隠し部屋の扉が音もなくひらき、旅の疲れからぐっすりと眠っている大名に賊が近づき、口にそっと毒を流しこんだとしたら、どうにも防ぎようがないのではないか。なにしろ、その晩に当主が毒を盛られるとは誰も考えていないのだから、警護が厳しいとはいっても、やはりどこかに隙ができるものだろう。蟻の這い出る隙間もないという警護はまずあり得ない。

「隠し部屋は見つかってはいないのですね」

重兵衛は景十郎に確かめた。

「そうだ」

苦い顔で景十郎は答えた。

「あの本陣に隠し部屋など、どこにもない。それはもう動かしようのない事実だ」

「となると、外から侵入した者の仕業ということになりましょうか」

それまでずっと黙っていた輔之進がいった。うむ、と景十郎が首を縦に動かした。

「それが最も考えやすい。しかし、毒で殺られたのではないということも、十分に考えられる。その場合、どういう手立てが用いられたのか、俺にはさっぱりわからぬ」

景十郎が口をきゅっと引き結んだ。

「大名家はとにかくむずかしいのだ。調べようとしても、すべて隠し立てして、どうにも調べようがない。仮に毒殺されたのだとしても、それを認めようとはしない。もっとも、俺たちも大名家に仕える身だ。いざとなれば、他家とまったく同じことを、なんの疑いもなくするのかもしれぬ」

それでは、と重兵衛はいった。

「岩波家を出立したあとに急死したのは、実はその三人だけではない、ということも考えられるのですね」

「そういうことだ。実際にはもっと多いのかもしれぬ」

「大名がもし岩波家で毒を盛られて殺されたとして、いったい誰がなんの目的で、そんなことをするのか、という疑問があります」

重兵衛は景十郎に向かっていった。

「取り潰しを狙ったということは」

輔之進がやや力んでいう。その力みを抑えるかのように、景十郎がゆっくりとかぶりを振る。

「その三家は末期養子《まつごようし》が認められ、いっさい減封されることなく無事に存続している。いずれの家も、予定していた養子がその家を継いだのだがな。それに、取り潰す側の公儀から、調べるように密命がきている。それなのに、取り潰しが目的というのは、どうにも合点がゆかぬ」

唇を嚙み締めてから、景十郎が続ける。

「これからも岩波家に対する調べは進めてゆくつもりだが、結局は公儀に対してあまりかんばしくない留書を提出することになるのではないか、とひそかに思っている。三人の大名が殺されたという証拠は見つかりませんでした、との」

それはそれで仕方ないだろう、と重兵衛は思った。それにしても、この一件が今回の吉乃とお以知のかどわかしに関わっているのか、今の重兵衛には判断のしようがなかった。

大名の死が絡んでいる事件と、大名家の一介の目付の妻と侍女のかどわかし。一見しただけでは、関わりなどあるはずがないと考えるのがふつうだが、果たしてそれでよいのだろうか。

もう少し考える材料がほしかったが、重兵衛にこれ以上のものが与えられるはずがない。

とにかく、いま自分がすべきことは、吉乃とお以知の居場所を一刻も早く見つけることだ。それに向かって邁進《まいしん》することしか、できることはなかった。

第三章

一

できれば息をとめたいところだが、もちろん、そんなことはできはしない。

惣三郎としては、手ぬぐいを口に押し当てることくらいしかできることはない。死者に敬意を払うことが大事といっても、さすがにこの強烈なにおいの前では、ふつうに息をするのは無理で、手ぬぐいは致し方ないことだろう。この家に出入りしている者すべてが、手ぬぐいを顔に押しつけていた。

「旦那、こんなにすごいにおい、嗅いだことありますかい」

善吉がささやき声できいてきた。手ぬぐいのせいで声はくぐもり、きき取りにくくなっている。

「そりゃあるさ」

惣三郎はこもった声を返した。

「しかし、それもずいぶんと前の話だ。こんなにすごいのは、いつ以来なのか、正直わからねえ」

「経験豊富な旦那でも、こんなにすごいのはそうはないんですよねえ」

善吉が首を小刻みに振った。

「今朝の目覚めは、ぐっすりと眠ったおかげで、とてもよかったんですよ。死んだ人を悪くいう気はないんですけど、まさかあれからほんの一刻後に、こんなすごいにおいが待っているとは、夢にも思わなかったですねえ」

「それは俺も同じだ」

しかし、いつまでも泣き言や愚痴《ぐち》をいってはいられない。惣三郎は善吉に、行くぞ、といった。はい、と善吉が答え、惣三郎のうしろについた。惣三郎と善吉は一軒家のなかを進みはじめた。そんなに広くはない家で、すぐに目的の間に着いた。

においはさらに強烈なものになっている。鼻で息をすると、においが強すぎるので口でするようにしている。しかも浅い呼吸を小刻みに繰り返しているのだが、それだけの努力をしても吐き気がしてきている。さらに、目がじんじんとしびれたようになり、涙が出てきそうになっていた。

ちょうど衛徳の検死が終わったところだった。惣三郎は、いかがですか、と声をかけた。

衛徳が立ちあがり、惣三郎たちに向き直った。病人のような青い顔をしている。厚い手ぬぐいを二枚重ねて、口に当てている。

「死因はおとといの者と同じようですが、死んだのは、こちらの二人のほうがいくらか前ですね」

惣三郎は口から手ぬぐいを取った。衛徳がびっくりする。惣三郎はかまわずに問いを発した。

「同じ死因ということは、この二人も心の臓の発作が原因で死んだということですか」

衛徳が渋い顔になる。

「ええ、そういうことになります」

「傷はないのですね」

「ええ、ありません」

「毒を飲まされたとは考えられませんか」

「毒と思われる兆候は、この二人にはまったく出ていません」

さようですか、と惣三郎はいった。

「死んだのはいつですか」

「このにおいようからして、かなり腐敗がはじまっています。今日で丸三日はたっているものと思います。おとといの仏より、若干早く亡くなったのではないかと思います」

手ぬぐいをさらに強く押し当てて、衛徳が惣三郎を見つめる。

「ほかにおききになりたいことは」

惣三郎はかぶりを振った。

「いえ、ありません。これでお引き取りくださってけっこうですよ」

「ありがとうございます」

衛徳がほっとしたようにいった。

「今日のことも留書にまとめ、御番所に提出いたします」

「よろしくお願いします」

惣三郎は頭を下げた。うしろで善吉もならう。ではこれにて失礼します、といって薬箱を持ちあげた衛徳が惣三郎たちの横を通り抜けてゆく。死骸の横たわる部屋を出たらすぐに急ぎ足になり、見送る惣三郎たちの視野から消えていった。

「気持ちはわかりますけど、ちと露骨ですねえ」

善吉がやや悲しげにいった。惣三郎と同様に、手ぬぐいを顔から離している。

「あぁ、手ぬぐいですかい。旦那がはずしているのに、あっしがはずさないわけにはいきませんよ」

「おめえ、いいのか」

「別に無理しねえでいいぞ」

善吉が肩を怒らす。

「別に無理なんかしていませんよ」

惣三郎はにやりと笑った。

「やせ我慢しやがって」

「やせ我慢なんか、してませんよ」

「わかった。そういうことにしておこう」

惣三郎は体を返し、目の前の二つの死骸に視線を向けた。畳の上に仰向けになった二人は、目を閉じている。顔だけ見ると、安らかに逝ったように見える。二人とも行商人の格好をしていた。隣の間に二つの小間物の入った荷物が置かれている。二人とも、小間物売りと考えてまちがいはない。

「旦那、この二人の仏さんは、おととい死骸が見つかったくにべえさんの仲間じゃありませんかい」

「ああ、まずまちがいねえだろう。例の蕎麦屋の茂登坂で額をつき合わせて密談していた四人のうちの二人だ」

「やっぱりそうですよねえ」

善吉が深くうなずく。

「確か、最後に四人が茂登坂にあらわれたのは、四日前ということでしたね。そのあと、翌日にはこの二人は死んでしまったということになりますね」

「うむ、おめえのいう通りだ」

「やはり殺されたんでしょうか」

声をひそめて善吉が問う。

「仏の体をあらためてみねえと、はっきりとはわからねえが、多分そういうことじゃねえのかな」

惣三郎たちがいるのは、赤坂今井町である。昨日、聞き込みでまわった町の一つだ。二つの死骸が横たわっているのは、今井町の片隅に建つ一軒家である。といっても住む者はなく、今は空き家となっている。

今朝、町奉行所に今井町の自身番から、二つの死骸があるというつなぎがあったのだ。それでさっそく惣三郎たちが出向いたというわけだが、まさかこれだけのにおいが立ちこめているとは、思ってもいなかった。

「よし、見てみるか」

惣三郎は自らに気合をこめるようにいって、二つの死骸の横にしゃがみこんだ。まずは、右側の死骸の腕を持ちあげた。かたくなっているが、すでに今にも崩れそうな頼りなさが腕にはあった。あまりのにおいのひどさに、吐き気がこみあげてきたが、なんとか我慢した。死骸の手のひらをじっと見る。

「あるな」

惣三郎は善吉にいった。

「虫に刺されたような、かすかな傷が残されているぞ」

「やっぱりですかい。旦那、縛めの跡はどうですかい」

惣三郎は手首に目を移した。

「よくわからねえな」

じっくりと見てみたが、判然としなかった。今度は左側の死骸をあらためはじめた。こちらの死骸にも、虫に刺されたような傷が認められた。

「おっ、こっちには縛めの跡が見えるぞ。しっかりと残されているな」

「決まりですね」

「ああ、決まりだな。二人とも殺されたんだ」

二人の手のひらには剣だこもあった。顔には面ずれらしいものがかすかに認められた。二人とも、くにべえと同じように、剣術に励んでいたのである。

ほかになにか手がかりとなるような物は残されていないか、と惣三郎は部屋中を見まわした。しかし、犯人につながるような物はなにもなかった。家のなかは、うっすらと埃が積もっているだけで、家財などは一つもなく、がらんとしていた。ひどいにおいだけでなく、日がのぼるにつれて、蒸し暑さも増してきていた。

惣三郎は外に出たかったが、まだすることがあった。隣の間の小間物を確かめることだ。惣三郎は二つの荷物をあさった。しかし、出てきたのはどこにでも売っているような小間物だけで、この二人の身元につながるような物はなにもなかった。

惣三郎は廊下に立っている五人の男を手招いた。五人は今井町の町役人と家主である。

「この二つの仏だが、いつ見つけた」

町役人の一人が前に進み出てきた。町役人のなかでは一番の年寄りで、歳はもう八十に近いはずだが、かくしゃくとしており、頭の働きはまったく鈍っていない。白くなっている髪にもまだかなりの黒髪がまじっており、瞳も黒々としていて、ずいぶんと若く見える。名は到吉郎《とうきちろう》。軽く会釈してから話しはじめた。

「今朝早く、散歩中の年寄りが自身番にやってきて、空き家から妙なにおいがしているといってきたんです。それで、手前がこちらにやってきたら、確かにひどいにおいがしているんです。これはなんとしたことだろう、と思いまして、こちらの家主さんを呼んだのですよ」

到吉郎が横の年寄りの肩を軽く叩く。

「錠をあけてもらい、一緒に家のなかに入ってみたんです。そうしたら、ここに二つの仏さんが並んでいるのを見つけたというわけでございます」

「錠はかかっていたのか」

「はい、しっかりと」

「俺たちが入ってきた戸口の錠だな」

「はい、さようにございます」

これは家主のほうが答えた。

「しかし、そっちのほうが壊されているから、錠の意味はほとんどなかったようだな」

「えっ」

家主が、惣三郎の指し示したほうを見やる。

「あの、どちらでしょう」

惣三郎が指でさしているのは、庭に面している雨戸である。家主には、しっかりと閉まっているように見えているのだ。

「ここがちっとずれているのが、わからねえかい」

惣三郎は歩み寄り、一番右の雨戸を手で押した。がたりと音がし、庭に向かって雨戸があっさりと倒れていった。ばたりと音が立ち、土埃が盛大に舞った。同時に、強い陽射しが入りこんできた。新鮮な風も吹きこんできて、惣三郎は生き返る思いだった。風にこんなに甘い味がついていることを、初めて知ったような気分だ。そばで善吉も思いきり呼吸を繰り返している。

「あっ、いつから壊れていたんでしょう」

家主が目をみはっている。

「そいつはわからねえが、とにかく戸口の錠に意味はなかったんだ。出入り自由になっていたということだな」

「はあ、さようにございますか」

「この家はいつから空き家なんだ」

「三月ほど前にございます。前の住人がよそに越していってから、借り手が見つかりませんで。ときおり風を入れに来ていたのですが、最後に来たときには雨戸は壊れていませんでした」

「最後に来たのはいつだ」

「七、八日ばかり前のことでございます」

雨戸を壊したのは、二人を殺した犯人でちがいあるまい。今井町は赤坂新町四丁目とさして離れていない。くにべえという男はここに監禁されており、なんとか逃げだしたものの、また捕まり、新町四丁目の人けのない路地で殺されたということか。

「あの、河上さま」

一人の町役人が前に出てきた。

「なんだ、庄造《しょうぞう》」

「あの、関係ないかもしれませんが、三日前の夜、妙な声をきいた者がいるんです。この近所の者です。手前はそのことをきかされたのですが、たいして気にもせずに放っておきました。まことに申しわけなく思います」

おそらくそのときに拷問されたか、殺されたかしたのだろう。この二つの仏は間者かもしれず、責めに対する鍛錬はしているのかもしれないが、とにかく哀れでならなかった。

一瞬、惣三郎は瞑目《めいもく》した。

「いや、別に気にせずともいいさ。妙な声くらいで、いちいち気にしちゃいられねえからな」

ありがとうございます、とばかりに庄造が小腰をかがめる。

「よし、あとは人相書を描きてえ。この町に絵の達者はいるか」

「達者はおりませんが、好きな者はいます」

到吉郎が胸を張っていった。

「なら、わけをいってここまで連れてきちゃくれねえか。二つの仏の人相書をつくりてえんだ」

到吉郎がにこりとする。

「実は、絵の好きな者というのは、手前でございまして」

「人相書が描けるか」

「はい、大丈夫でございましょう」

到吉郎が紙と筆を用意し、さっそく描きはじめた。背筋が伸び、すらすらとした筆さばきはなかなかたいしたものだ。四半刻後、到吉郎は描き終え、惣三郎に二枚の人相書を見せた。おとといの手習師匠並みというわけにはいかなかったが、悪くはない出来だ。

「ほう、やるじゃねえか」

惣三郎がほめると、幼子のように到吉郎が喜んだ。

「気に入っていただけましたか」

「ああ、気に入った」

「それはようございました」

墨が乾くのを待って、惣三郎は二枚の人相書を大事に懐へとしまい入れた。

「よし、これで終わりだ」

惣三郎は五人の男に告げた。

「二つの仏は、申しわけねえが、自身番に置いといてくれ。身元がわかり次第、引き取りに来させる。しかし、今日中にわからなかったら、かわいそうだが、無縁仏の墓地に葬ってやってくれ」

「承知いたしました」

到吉郎が五人を代表するようにいった。

「じゃあ、頼んだぞ」

惣三郎は善吉をうながし、家の外に出た。さすがにほっとする。

「旦那、なんか着物にもにおいがしみついてしまいましたよ」

「そうだな。替えてえが、そういうわけにはいかねえな。喉が渇いたな。どこかに茶店でもねえか」

「あそこにありますよ」

　善吉が目ざとく見つけて指さす。半町ほど先の小さな神社の入口の横に、確かに茶店らしい店があるのが見える。饅頭《まんじゅう》、団子と染め抜かれているらしい幟が風に揺れているのも眺められた。

　惣三郎は善吉を連れて、さっそくその茶店に入った。茶と団子を頼む。饅頭もかまいませんか、と善吉がいうので、ああ、いいぜ、と惣三郎は鷹揚にうなずいた。善吉がうれしそうに饅頭も小女に注文する。

　頼んだ物はすぐにやってきた。惣三郎は、まずは茶に口をつけた。口のなかの悪いものが洗い流されたような気分になった。団子も食した。甘い蜜《みつ》のたれがとてもうまい。気持ちが晴れてゆく。

　甘い物には疲れを取る効用があるらしいが、気持ちを変えてくれる力もあるのだ。惣三郎は、ふう、と息をついた。

「うめえな」

「本当ですね。饅頭も最高ですよ」

　どれどれと惣三郎も手を伸ばした。

「うん、こいつはうめえ」

「さいでしょう」

善吉が顔をほころばせる。

団子と饅頭を食べ終えた二人は、茶のおかわりをもらった。それを喫する。惣三郎は湯飲みを両の手のひらで握り締めた。

「あと一人いるな」

「ええ、茂登坂では四人といっていましたからねえ」

惣三郎は、まわりの者にきこえないように声をひそめた。

「くにべえのように、どこかよそで殺されているかな」

「それか、逃げているかですかね」

「あるいは、とらわれているか」

「そのくらいですか。ほかになにか考えられますかね」

惣三郎は厳しい顔をつくった。

「あと一つ考えられることがあるぞ」

「それはなんですかい」

惣三郎は茶を飲んだ。しっかりとした苦さを、さっきの家を出てから初めて感じた。

「その者が三人を殺した」

善吉が意表を突かれた顔になる。

「それは考えなかったですね」

「考えられるってだけだ。本当にそうかは、わからねえ」

「とにかく旦那、そのもう一人を見つけださなきゃいけないってことですね」

「そういうこった」

惣三郎は縁台から腰をあげ、代金を支払った。うまかったぜ、と小女にいうのを忘れない。ちょうどよいとばかりに、描かれたばかりの二枚の人相書を小女に見せた。

「この二人を見たことねえか」

小女が真剣な目を人相書に落とす。やがて、すまなさそうに、人形のように細くて白い首を横に振った。

「いえ、ありません」

そうかい、と惣三郎はいった。団子や饅頭がうまかったから、幸先よいはじまりが期待できるような気になっていたが、やはりそんなにうまくゆくものではなかった。今日もこれから地道な探索が必要になるということだ。がんばるしかない。そう、自分にやれるのは、それしかないのだ。

「忙しいところ、手間を取らせたな」

小女に明るくいって、惣三郎は道を歩きだした。善吉がうしろにそっとついた。それだけでおさまるべきものがすんなりとおさまった感じがし、きっと探索はうまくゆくという気になった。

二

近在の庄屋や豪農を当たりはじめた。ほかにも神社仏閣があれば、必ず境内に入り、気配を嗅いだ。

もし例の十人の侍がひそんでいるのなら、重兵衛と輔之進という二人の遣い手の鼻を逃れられるはずがなかった。

重兵衛と輔之進は住職や寺男、神官や巫女などにほとんど話をきくことなく、境内においては気配を嗅ぐことだけに没頭した。そのほうがずっと探索がはかどることに気づいたのである。昨日もそうしておけば、もっと多くのところをまわれただろうが、それを今いっても仕方ない。大事なのはそのことに気づいたということであり、その方法を実際に用いているということではないか。

もちろん気配を嗅ぐばかりでなく、田畑で一所懸命に野良仕事に励んでいる百姓たちには話をきいた。よそからやってきたと思える十人の侍を見かけたことがないか、二挺の権門駕籠を見てはいないか、と。

見知らぬ十人の侍を目にしたという者には行き当たらなかったが、二挺の権門駕籠を見たという百姓にぶつかった。昼を少しすぎた、日盛りの頃合だった。まともに見つめたら、目がやられてしまうのではないかと思えるほど強烈な光を放っている太陽が頭上で燃えていた。諏訪の地で、こんな太陽を見るのは滅多にない。ひと夏のあいだにせいぜい五、六日程度だろう。すでに諏訪はだいぶ遠ざかり、茅野《ちの》近くまで来ていた。

「それはいつのことだ」

輔之進が勢いこんできく。百姓がその勢いに押されたように、うしろに下がった。少し離れたところで女房と思える女が心配そうに見ている。こちらに寄ってくる気はないようだ。侍にいい思いを抱いておらず、警戒しているのかもしれない。

百姓がちらりと女房のほうを見やる。案ずるな、と合図を送ったようだ。それから重兵衛たちに目を戻した。

「ええと、あれは四、五日くらい前じゃありませんかねえ」

吉乃とお以知の二人が手長神社の近くでかどわかされたと思えるのは、五日前である。

「二挺の権門駕籠を見たのは四、五日前のいつのことだ」

「夕方でしたよ」

「まちがいないか」

「ええ、まちがいありません。その日の仕事を終えようとしていたときですから。腰を伸ばしていたときに、そこの道を二挺の権門駕籠が通っていったんです。あまり通ることはないんで、珍しいなと思ったのを覚えていますよ」

重兵衛は百姓が指さした道を見つめた。細い道だ。東の山のほうへ延び、樹間に紛れてその先は隠れてしまっている。

「あの道の先にはなにがある」

輔之進が百姓にたずねる。

「お寺さんがありますね」

百姓がのんびりとした口調で答える。

「大きな寺か」

予期しなかった問いだといわんばかりに、百姓が首を振った。

「いえいえ、あの道の先にあるのは観聞寺《かんもんじ》というお寺さんですけど、檀家《だんか》がほとんどない貧乏寺ですよ。ですから、住職が権門駕籠を使うところなんて、一度も見たことはありませんよ。しかも、二挺だなんて」

重兵衛は輔之進を見つめた。輔之進がうなずきを返してきた。百姓に礼をいい、重兵衛と輔之進は観聞寺を目指して道をのぼっていった。

一町ばかり進んだところで振り返って眺めてみると、女房が先ほどの百姓に近づき、なにか話をしているところだった。侍と親しく話をしては駄目よ、くらいはいっているかもしれない。侍に力を貸してもいいことなんか、これっぽっちもないんだから。

諏訪では過去に何度も苛政が行われたこともあり、侍は百姓にほとんど信用されていない。冷涼な気候のせいで、物成りがよいとはいえない土地であり、不作の年も少なくない。そのことは侍の側もわかってはいるものの、不作といえども年貢は厳しく取り立てなければならない。そうしないと、三万石の石高でしかなく、豊かとはいえない諏訪家という大名家が立ち行かなくなるのである。

観聞寺はすぐにわかった。山門はなく、二本の柱がその代わりをしていた。こぢんまりとした本堂に庫裏《くり》、鐘楼だけが狭い境内に建ち、それらはいつ朽ちてもおかしくない古さだった。本堂の屋根瓦は落ちかけ、庫裏は壁がはがれ、鐘楼は柱が傾きかけ、撞木《しゅもく》はずいぶんとやせ細っていた。ぐるりをめぐる土壁も至るところが崩れそうになっている。境内に立ち、神経を集中してみたが、十人もの侍がひそんでいるような気配は感じ取れなかった。ここにやつらはいない。重兵衛はそう結論づけた。もっとも、十人もの侍がひそんでいられるだけの広さもない。吉乃とお以知もいないのではないか。

この観聞寺という寺は、見た目は廃寺としか思えないが、庫裏には人けがあった。一応は訪ねてみると、住職がいた。住職は頭をろくに剃っておらず、総髪のようにしていた。一体は引き締まり、よく鍛錬しているのがうかがえた。粗食だけでは、これだけの体はつくり得ない。

「ほう、これは珍しい。こんな貧乏寺にお侍が見えるなど」

目だけがぎらぎらと鋭い住職で、鯰《なまず》のような顎ひげがだらしなく垂れ下がっているのが、どこか卑しさを覚えさせた。頬もこけているものの、つやつやと脂っぽく、始終、四つ足の獣を食しているのではないかと思えた。実際、このあたりには猪や鹿はいくらでも棲息している。

輔之進が身分を伝えて名乗り、重兵衛のことを同僚であると告げた。ほう、と承湛《じょうたん》という名の住職が重兵衛をしげしげと見つめた。

「お目付衆の一人であるにしては、一本差というのはどういうことですかな。しかも、どう見ても長脇差にしか見えませんが」

重兵衛はにこやかに笑った。

「貧乏侍ゆえ、脇差は質にだしたのでござるよ」

「えっ、まことですか」

「いや、冗談にござる。実は脇差はいま研ぎにだしているのでござる。替えの脇差は貧乏ゆえ、ござらぬ」

「どうして刀ではなく、長脇差を差しているのですか」

「ああ、ご住職はご存じではござらぬか。もともと目付衆は長脇差でもよいのでござる。罪人を捕らえなければならぬとき、刀では相手を殺してしまうことがござる。その点、刀身の短い長脇差では、傷を負わせても殺すまでは至らず、手傷ですませることができるという利点がござる」

「ああ、さようでしたか。それは知りませんでしたな」

承湛が笑みを引っこめ、真剣な表情になった。

「それでお目付衆が、どんなご用ですかな」

輔之進が一歩、進み出る。

「四、五日前、こちらに二挺の権門駕籠が来ませんでしたか」

「ほう、よくご存じで」

「来たのですね。正確には、いつのことですか」

「五日前ですね」

承湛があっさりと答える。五日前なら、吉乃とお以知がかどわかされた日に符合する。

輔之進の目が険しくなる。

「権門駕籠には誰が乗っていたのです」

「お答えしなければならないのですか」

「答えられぬ人が来たのですか」

「いや、そんなことはありませぬ。しかし、あまり教えたくない理由でまいられたものですからな」

「どんな理由ですか」

輔之進がたたみかけるようにきく。承湛が頭をかく。

「こちらのお若いお目付のお顔からして、これはどうにも、いわなければならないようですな。実はこんな貧乏寺でも、ご本尊だけはすばらしいのですよ。なにしろ奈良に都があったときにつくられたという代物で、お顔もすばらしく高貴なのです。仏師も名の知れたお方なのです」

そこまでいって、承湛がもったいをつけるように言葉を切った。重兵衛と輔之進の顔を交互に見る。

「当寺秘蔵のご本尊であり、ふだんは誰にも見せていないのですが、どこで噂をききつけるのか、是が非でも拝見したいと申し出られる方があとを絶たないのですよ」

「それでは、権門駕籠の主もそのご本尊を見に来たというのですか」

「さようです。五日前にいらしたのは、城下の富裕な商家のあるじが二人でした。もっとも、権門駕籠で乗りつけてくる人は、さすがに珍しかったですね」

「その二人の名を教えてもらえますか」

「わかりました」

承湛が二人の名を口にする。輔之進が矢立を取りだし、帳面にそれを記した。矢立をしまって顔をあげる。

「しかし、ご本尊を見せること自体、別に問題があるとは思えぬのですが」

「これは他言しないでいただきたいのですが、布施を取っているのですよ。こんな貧乏寺が生きてゆくためのものです」

「しかし、お布施くらい当たり前のことなのではありませんか」

承湛が口をゆがめたような笑いを見せた。

「それがけっこう高額な代を取っているのですよ」

「いくらです」

「一人につき五両です」

「えっ、それは確かに高いですね」

「さようでしょう」

承湛が本殿を見つめる。

「それだけの金があれば、いろいろなところを補修すればいいではないか、と数少ない檀家が文句をいってくるのはまちがいないでしょう。布施を取ってご本尊を見せていること自体、檀家には伝えていませんし」

そういうことか、と重兵衛は納得した。この寺に吉乃とお以知はいない。承湛という住職は嘘はいっていない。

「しかし、それだけのお布施を取っても見に来る人がいるのですね」

感心したように輔之進がいう。

「ご仏像が好きな人は多いのですよ。なにか力をもらえるということで。それは本当のことらしいですよ。うちのご本尊を見て、運をつかんだという人は、枚挙に暇《いとま》がないですからね。そういう噂もあり、見に来られる人が多いのですよ。五両など安いものだと考えている人が多いようです」

それでしたら、と輔之進が申し出る。

「それがしどもにも、ご本尊を見せていただけませんか。もちろん五両などという大金は持ち合わせがありませんが」

いきなりそんなことをいったから、重兵衛はびっくりした。

「えっ、さようですか」

承湛が、さてどうしたものかと困った顔をする。実は、といって輔之進が神妙な表情で話をはじめた。吉乃とお以知という二人の女人が行方知れずになっていると承湛に伝えた。自分たちはその二人を探しているのだと。

話をきき終えた承湛が、気の毒そうな顔つきになった。

「さようでしたか。それはご心配ですなあ。わかりました。そういうことなら、御仏におすがりするのは一つの手にございましょう。こちらにいらしてください」

重兵衛と輔之進は本堂に案内された。本尊というから正面に据えてある大きな仏像がそうなのかと思ったが、大きな仏像の裏手に連れていかれた。そこには小さな厨子《ずし》があり、承湛がうやうやしく一礼してから、その扉をひらいた。なかには、一尺ほどの仏像が安置されていた。なんとも高貴できれいなお顔をされている、と重兵衛は思った。

しかも、その仏像からは穏やかな光が放射されているような感じがあった。ちょうど額に当たっているようで、そのあたりが熱くなるのがわかった。これはすごい、と重兵衛は思った。静かに力が満ちて、じわじわと全身に広がっていった。輔之進も同じ様子で、声をなくし、じっと仏像を見つめている。

重兵衛は両手を合わせ、吉乃とお以知が無事に帰ってくるように祈った。輔之進も同様の祈りを捧げているのだろう、合掌し、目を閉じている。

「さて、もうよろしいかな」

しばらくして承湛がいった。

「ああ、ありがとうございました」

重兵衛は礼をいった。扉が閉められる前に、もう一度本尊をじっくりと見た。気持ちが穏やかになるのをはっきりと覚えた。扉が静かに閉じられると、額に感じていた熱が静かに去っていった。重兵衛は額に触れた。どことなくむずがゆさがある。輔之進も額を盛んにこすっている。

それを承湛がおもしろそうに見ている。

「やはりお感じになりましたか」

「ええ、すごいですね。こんなことは、初めてですよ」

重兵衛は承湛にいった。輔之進も深くうなずいている。

「そうでしょう。どなたも同じことをおっしゃいます」

にこやかに笑った承湛が一転、表情を厳しいものにする。

「しかし、最近はどうも邪心を持つ人が多いのか、これだけの力を感じ取れない人が増えてきたのですよ。拙僧にはまったく信じられませんな。拙僧のような破戒僧でも感じられるというのに、いったいどれだけの悪さをしているものか」

重兵衛たちは本堂を出た。柱だけの門まで承湛と一緒に来た。

「そのお二人の女人が無事に見つかるとよろしいな」

輔之進が深々と頭を下げる。

「それがしはきっと見つかると信じています。しかも今、すばらしい力を与えられたような気がしています。必ず見つけてみせます」

そのときは、といって承湛が柔和な笑みを浮かべた。

「今日のことは他言無用にお願いしますぞ」

「よくわかっています。今度ご本尊を拝見させていただくときは、必ずお布施を払うようにいたします」

「いや、けっこうです」

承湛がきっぱりと拒絶する。

「はなから、城下のお侍から布施を取ろうとは思っていませんよ。もともとはお百姓衆から搾ったものにございましょう。もしご自分の力で稼げたら、いらしてください。御寄進として受け取らせていただきますので」

重兵衛たちは門を出て、道をくだりはじめた。けっこう高くまでのぼってきており、眼下に広がる平野が太陽に焼かれてまぶしく見えた。

「きついことをいわれましたね」

「ああ、まったくだ」

「義兄上は手習師匠として自分の力で稼がれていますから、なにも恥じることはありませんが、それがしは諏訪家の禄を食《は》んでいますからね」

「それだってなんら恥じることはあるまい。禄に値する仕事をすればよいだけの話だ。承湛和尚は、ろくに仕事もせずに禄をもらっている者があまりに多いことに憤りを覚えておられるのだろう」

「それはわかるのですが」

「とにかく、今は吉乃どのとお以知を見つけることに俺たちは力を注がなければならん。あのご本尊の力をいただいたから、きっと見つかるぞ」

「そうですね。必ず見つかりましょう」

街道に降りた二人は、再び聞き込みをはじめた。驚いたことに、二人目の百姓がまた二挺の権門駕籠を見たといったのである。これはまちがいなくご本尊のご加護だろう、と重兵衛は確信した。

「その二挺の権門駕籠を見たのは、五日前でまちがいないんだな」

「ええ、まちがいございませんよ。あっしのかかあが腹痛《はらいた》を起こしたときですからね。あのときはあわてて医者のところに担ぎこんだんですが、薬を飲ませてもらったらあっという間に治って、帰りはのんびりとおんぶをしてこっちに戻ってきたんです。もうとっくに日は暮れていまして、そんな刻限に立派な駕籠が通るなあって、びっくりしたものですから、よく覚えているんですよ」

これはもう、吉乃とお以知が乗せられた駕籠でまちがいないのではないか。

「その駕籠はどこに向かった」

輔之進も重兵衛と同じ思いでいるはずだが、できるだけ平静な口調を心がけているようだ。

「この道を西に向かいましたよ」

百姓が手を伸ばして指したのは杖突峠《つえつきとうげ》へとつながる道で、杖突街道と呼ばれている。

重兵衛と輔之進は杖突街道に入った。道は狭く、のぼりが続く。樹木が覆いかぶさるように枝を伸ばし、陽射しはさえぎられている。道はひどく暗かった。道を行く者はほとんどいないが、ときおり洞窟からあらわれたかのようにぬっと顔を見せる。そういう者に必ず二挺の権門駕籠のことをたずねていった。

すると、五人目に行き合った炭焼を生業にしているという者が、五日前に二挺の権門駕籠を見たといったのである。

「あの日は帰りが遅くなっちまいまして、この道を向こうからやってくる提灯に少し驚いたんですよ。あんな刻限に立派な駕籠が二挺も通るなんて、初めてのことだったものですから」

「その駕籠は峠のほうに向かったのだな」

「いえ、ちがいます」

炭焼の男は首を振った。

「ここから一町ほど行った右手に、獣道のような小道があるんですが、そこを降りていきましたね」

重兵衛と輔之進は同時に街道の先を見た。

「その小道はどこにつながっているんだ」

「鬼伏谷《おにぶせたに》という谷につながっているんですよ。昔、鬼が地面に伏せて旅人を襲ったという伝承がある谷ですよ」

「人家はあるのか」

「ええ、ありますよ。以前は何軒かの家があって寄り添うように人が暮らしていましたけど、今は一軒だけですね。谷のどん詰まりに蔵のある広いお屋敷が建っていますけど、そこに人がいるのは滅多に見たことがありませんよ。もっとも、あっしも鬼伏谷に足を踏み入れることはほとんどありませんがね」

「その屋敷は誰のものだ」

「よくはわかりません。諏訪さまご家中のご重臣のお屋敷という話もききますが、はっきりとは知りません」

それだけの広さの屋敷なら、吉乃たちだけでなく、十人の侍を収容するのも楽々なのではないか。

重兵衛たちは炭焼の男に礼をいい、さらに足を急がせた。

鬼伏谷は狭く、田畑などまったくなかった。以前は耕されていた痕跡はあったが、今は放置されて、一杯に伸びている草が我がもの顔にのさばっていた。

「あれですね」

輔之進が指さす。谷を突っ切るように一本の道が延びているが、道の突き当たりはやや小高い丘になっていて、その丘に屋敷が建っているのである。距離は三町ばかりか。遠目に見ても、豪壮な屋敷であるのがわかる。白金村で見る、大名や大身の旗本の下屋敷のような造りだ。ぐるりを高い土塀がめぐっている。高さは一丈近くはあるのではないか。炭焼の男がいった通り、敷地の奥に蔵が建っているのが眺められる。

「行ってみるか」

「もちろんですよ」

重兵衛と輔之進は道を足早に歩きだした。あの屋敷に、果たして吉乃とお以知はいるのか。いてほしかった。いや、必ずいる。あの本尊が導いてくれた場所である。いないはずがなかった。

太い二本の柱を持つ、がっちりとした冠木門《かぶきもん》は閉じられていた。横にくぐり戸がしつらえられている。輔之進が訪いを入れた。すぐに足音がきこえ、門の向こう側でとまった。人がいるのだと思ったら、急に重兵衛の胸は高鳴りはじめた。

「どちらさまですか」

声がきこえた。警戒しているのを感じさせる声だ。訪ねてくる者など滅多にいないせいか。それとも、誰が訪ねてきたか、もうわかっており、その思いが声に出たのか。

輔之進が名乗り、身分を明かす。

「お目付さまでございますか」

くぐり戸があき、年寄りの男がしわ深い顔をのぞかせた。目が油断のない光を帯びていることに、重兵衛は気づいた。

「どのような御用にございましょう」

輔之進はそれには答えず、五日前の宵の頃、二挺の権門駕籠がこの屋敷に入ってゆくのを見た者がいるといった。

「はい、確かに五日前、こちらに権門駕籠はまいりましたが、そのことがなにか」

目の前の年寄りに、重兵衛たちをなかに入れる気はないようだ。

「権門駕籠に乗っていたのは、誰だ」

「この屋敷の主人夫婦にございます」

「主人夫婦というと」

「お名を申しあげても、興津さまといわれましたか、ご存じないでしょう」

「一応、教えてくれ」

「鉄之丞《てつのじょう》さま、おたかさまにございます」

「何者だ」

「江戸のお方にございます」

「商人かなにかか」

「ご隠居にございます」

「それが五日前にこちらに来たのか。今もいるのか」

「いえ、もうお帰りになりました。二日の滞在にございました」

「隠居なのに、ずいぶんと短いな」

「本当はのんびりされる予定でございましたが、町内で火事があったらしく、その使いがここまでまいったのでございます。それであわててお帰りになりました」

「権門駕籠を使って、江戸から来たのか」

「いえ、駕籠は途中からでございます。茅野の町に駕籠を用意してあるのですよ。いつも甲州街道を使っていらっしゃいますから、茅野に駕籠を用意しておくのは、とてもよいことでしょう」

「隠居といったが、鉄之丞どのは隠居前はなにをしていた」

「商売にございます」

「どんな商売だ」

「薬種問屋にございます」

「それはなんという店かな。江戸のどこにある」

「はい、隠戸屋《かくしど》といいまして、木挽町にございます」

「木挽町というと、諏訪家の上屋敷があるところだな」

「はい、さようにございます。諏訪さまの上屋敷にもいろいろと納入されているとうかがっておりますよ」

「隠戸屋の当主はいま誰だ」

「元番頭だった者が跡を継いでおります」

「鉄之丞どの夫婦に子はなかったのか」

「はい、ございませんでした。最も仕事のできる番頭に店を譲られたのでございます」

輔之進が眼前の年寄りを見つめる。

「おぬしの名は」

「はい、権造《ごんぞう》と申します」

「権造、なかに入れてもらえぬか」

権造がためらう。

「興津さま、なかに入って、どうされるのでございますか」

うむ、と輔之進がいった。

「見物したいのだ。隠戸屋というのは江戸でも指折りの富商にちがいなかろう。そういう者の屋敷を見るのは、眼福といってよい」

すらすらとなめらかにこんなことをいう輔之進を見て、重兵衛は内心で驚いていた。これは目付としての成長をあらわしているのだろう。自分が中心となってこの屋敷を当たる必要に駆られたら、同じようなことをいうにちがいなかった。

権造が首を縦に動かした。

「承知いたしました。お目付さまのお頼みをむげにはできますまい。お入りください」

くぐり戸が大きくひらき、重兵衛たちは身を入れることができた。顔をあげると、目の前に広大な敷地が広がっていた。母屋は建坪だけで優に百坪は超えているのではないか。大寺のように瓦葺きの立派な屋根がのっている。陽射しを浴びて、まぶしいほどに光り輝いていた。

母屋の右側に、ふつうの百姓家よりも大きな納屋と厩《うまや》があるが、馬は一頭もおらず、農具もなに一つとしてしまわれていない。土間だけが広がる、がらんどうになっていた。奥には石造りの蔵が建ち、左側には裏口なのか、塀に戸が設けられていた。裏口の向こうは鬱蒼とした林になっており、樹間になにかの建物がわずかに見えていた。

「この屋敷には、あと誰がいる」

輔之進が権造にきいた。

「いえ、誰もおりません。手前一人だけにございます」

「ここに一人で暮らしているのか」

「はい、さようにございます」

「寂しかろう」

「一人のほうが気楽にございますね。それに、たまの客人がとても新鮮で、心弾むものがございます」

「今もそうか」

権造がしわを深めて笑う。

「もちろんにございますよ」

「権造、母屋を見せてもらってもよいか。いったいどんな高価な材木が使われているか、見たくてならぬ」

「よろしゅうございますとも」

重兵衛たちは母屋をくまなく見てまわった。おびただしい数の部屋があったが、しっかりと掃除がされており、塵一つ落ちていなかった。しかし、人けはまったくなかった。

その後、蔵も見せてもらった。蔵には階段がついており、なかには古い農具などがしまわれているだけだった。人けはまったくない。二階には、鉄之丞が若い頃に集めたという焼物の箱がいくつも並んでいた。蔵のなかはかすかだが、肥のにおいがしみついていた。

「あの建物は」

蔵の外に出て、輔之進が指さした。裏口の先にある林のなかの建物である。平屋で細長い長屋のような形をしているのが、ここからだとわかった。

「ああ、あそこは見せられないのでございますよ」

「どうしてかな」

「手前にはわかりませんが、主人からそういうふうにいわれているのでございます」

「なにか隠されているのかな」

「さあ、どうでしょうか」

「どうしても見たいのだが」

「いえ、お見せできません。なにしろ、手前も入ったことがありませんので」

「まことか」

「はい、主人だけでございます。女将さんも立ち入れません」

「そういわれると、ますます入りたくなってしまうな」

「おやめください。どうか、お願いいたします。もしそんなことをなされ、そのことがばれたら、手前はくびになってしまいます。この歳で路頭に迷いたくはありません」

「ひそかに見せてくれれば、よいではないか。主人はいま江戸にいるのだろう」

「しかし、入った痕跡というのは必ず主人にわかってしまうようですので、次に主人が見えたとき、手前はお払い箱ということにございます。興津さまが手前をお雇いになるとおっしゃるのなら、お見せしてもかまいませんが」

そこまでいわれては、輔之進としてもあきらめるしかなかった。

重兵衛と輔之進は屋敷を出た。くぐり戸のところで権造が見送っている。油断のない目をしていた。

「気になるな」

杖突街道につながる細道を歩きつつ、重兵衛はいった。輔之進がうなずく。

「あの長屋のような建物に、十人の侍がいたのではないでしょうか。吉乃とお以知も一緒だったかもしれません」

「一応、気配を嗅いではみたが、よくわからなかった」

「それがしもです。あの建物自体、妙な気配が漂っていましたね。人でないようなもので満ちているというか」

「気になるな」

もう一度いって、重兵衛は振り返った。屋敷はだいぶ遠ざかっている。くぐり戸は閉まり、権造の姿は見えなかった。

手招いた。

三

敷居を越えて、権造が膝行する。二尺ほどまで近づいて、動きをとめた。忠実な犬のような目で見つめてくる。

「うまくやったようだな」

脇息《きょうそく》にもたれ、朋左衛門はほめたたえた。権造が額の汗をぬぐう。

「はい、なんとか。しかし、あの興津家の婿養子がしつこくて閉口しました」

「若いからな、意気軒昂というやつだ」

朋左衛門は脇息から肘《ひじ》をはずし、いれたばかりの茶を喫した。

「しかし、やつらが急にあらわれたのには驚かされたな」

「はい。一応監視はつけているのでございますが、このあたりは狭い道が多いものでございますゆえ、つなぎがうまくいかなかったということにございましょう。やつらを追い越すわけにもいかず」

「しかし、敵ながらあっぱれとしかいいようがない。まさかここまでたやすくたどりつくとは思ってもいなかった」

「はい。興津家の二人が一本道をやってきたのを目の当たりにしたときには、心の臓がとまるかと思いました」

「しかし権造、本当にうまくやった。権造の心の臓がとまっていたら、たいへんだった。とまらずによかった」

　権造がにこりとする。

「しかし権造、油断はできんぞ」

「はい。この建物にやつらはとても興味を抱いていましたから」

「忍んでくるかもしれんな」

「そのときは必ず仕留めましょう」

「うむ、決して逃がさん」

　朋左衛門は蔵のほうを見た。

「あの二人はもう蔵に戻したのか」

「はい」

　興津家の二人がこちらに来るのを知り、猿ぐつわをしてあわててこの建物に移したのである。二人とも、予期した以上に元気にしている。侍女のほうが少しまいっている様子だが、輔之進の妻は意気が高い。

「あの吉乃とかいう女は、女にしておくのはもったいないな」

「はい。男として味方につけたら、さぞ頼りになりましょう。こんなときでも、本当によく食べますから」

「脱出を狙っているのではないか」

「いいえ、さすがに石造りの蔵から外に出ることはできないと、覚っているようにございます。食い気が旺盛なのは、ほかに理由があるからだと思います」

「ほかの理由というと」

「朋左衛門さま。お気づきになりませんか」

朋左衛門は眉根を寄せた。

「まさかあの女」

「はい、そのまさかでございましょう」

「身ごもっているのか」

「はい、まちがいなく」

「そのことを自分で気づいているのか」

「さあ、どうでございましょう」

権造が首をひねる。

「どうも女らしからぬ粗忽《そこつ》な面もあるようでございますから、あるいは気づいていないかもしれませんな」

吉乃は口をひん曲げた。

「なんか、肥臭いわね」

「はい、まったく」

お以知が鼻をくんくんさせる。

「さっきまでこんなにおいはしていませんでしたよ」

「お以知、あなた、なにか粗相をしたのではありませんか」

「えっ、私がですか」

お以知が目をみはる。

「私がそんな粗相などするはずがありません。誰かさんとはちがいますから」

吉乃はお以知をにらみつけた。

「誰かさんとは誰のことです」

「さあ、誰のことでしょう」

「まさか私のことをいっているのではないでしょうね」

「ご内儀さまは、粗相などしたことはありませんでしょう」

吉乃は赤面してうつむいた。

「あれ、ありましたっけ」

「あります。幼い頃のことですけど」

「ああ、腹巻きにしてしまったときですね」

「お以知、声が大きい」

「でも、この頑丈な石造りですから、誰にもきこえないと思うのですが」

「油断はできないわよ。壁に耳あり、障子に目あり」

「ここに障子はありません」

「知っています」

吉乃は唇を嚙んだ。

「あのときはしくじりだったわ。おなかの調子が悪くて腹巻きをしていたのに、その腹巻きが仇《あだ》になったのよ」

「ええ、さようでした」

「お以知、あなた、本当に覚えているのね」

「あんなにおもしろいこと、いえ、とにかく、忘れるはずがございません」

そうよね、と吉乃はいった。

「急に催したから、厠《かわや》に行ったまではよかったのよ。でもちょっとお尻のところに下がってきていた腹巻きを下げるか、上げるか、迷ったとき、一気に出てしまったのよね」

「あの腹巻きは、あのあとどうしたのでしたか」

「洗うのはあきらめて、捨てたのではなかったかしら。あれ以来、あんなことは二度とないのだけれど、記憶というのはいつまでも残るものですね」

「幼い頃の記憶というのは、特に強く残るようですね」

吉乃は顔をきりりと引き締めた。

「ご内儀さま、どうしました。急に怖いお顔になって」

「いつまでも冗談をいっている場合ではありません」

「はあ」

「脱出の最高の機会だったのに」

かどわかされて以来、ずっとこの石造りの蔵に閉じこめられていたのに、どういうわけか林のなかの建物に猿ぐつわと縛めをされて入れられた。それがほんの半刻ほどで、再びこの蔵に戻されたのである。猿ぐつわも縛めも取られている。

「でも、ご内儀さま。脱出などできませんでしたよ。縛めをされていては走れませんもの」

「そこをなんとかするのが、人というものです」

「でも、どうして急にこの蔵をだされたのでしょう」

「誰かこの蔵に入ったにちがいありません」

吉乃は忽然《こつぜん》と覚った。

「輔之進どのがこの屋敷に来たのでしょう。重兵衛さまも一緒だったかもしれません。うん、きっとそうだわ。――ここには私たちがずっといました。女のにおいがしみついていたのを消さんとして、こんな肥のにおいをわざと蔵のなかにつけたんですよ。輔之進どのたちに、女のにおいを嗅がせるわけにいかなかったのでしょう」

「なるほど、そういうわけですか」

お以知が納得顔になる。

「お以知、あなた、どうしてそんなにのんびりとしているのですか」

「のんびりしているつもりはないのですけど、どうせ逃げられないのですから、泰然自若として構えていたほうが、力を使わずによいのではないかと思っているのです」

ふう、と吉乃は息をついた。

「確かに逃げるのはむずかしいですけど、あきらめたら、しまいですよ」

「でしたら、今ここで声をあげたらいかがでしょう。輔之進さまたちにきこえないでしょうか」

「私たちがあらん限りの声をあげて、もしきこえる距離に輔之進どのたちがいたら、ここには戻されないでしょうね。それこそ、無駄な力を使うことになります」

吉乃は下を向いた。この蔵のなかは意外にきれいだ。厠に行くときは外に向かって声をだせばよい。蔵の扉があき、外の厠に連れていってもらえる。そのときに逃げられないかと常に狙っているのだが、屈強な男がそばで見張っており、その目をどうしても逃れることができない。もし逃げようとしたら、容赦なく斬るつもりでいるのが、ぴりぴりと伝わってくる。本気で斬るように命じられているのだ。こんなところで斬られたくはない。それこそ犬死にだろう。

「しかし、お以知、どうしてあなた、かどわかされるようなことになったのか、思いだしましたか」

お以知がかぶりを振る。

「いえ、思いだしません。ご内儀さま、本当に私が理由なのですか」

「私が理由だというのですか」

「お兄さまの津田景十郎さまはお目付頭ですし、そちらのほうの理由が強いのではないかと、私は思うのですけど、ちがいますか」

「ちがうでしょう」

きっぱりといった。

「どうしていいきれるのですか」

「勘です」

「勘ですか」

「文句があるのですか」

「いいえ、ありません。ご内儀さまの勘はよく当たりますから」

「その通りです。よいですか、お以知。あなたになにか理由があるはずなのです。思いだしなさい」

「でも」

「四の五のいわずにさっさと考えなさい」

はい、といってお以知が頭をめぐらせはじめた。うんうんとうなっている。

同時に吉乃も考えはじめた。たいていいつも一緒にいるから、お以知がなにかを見たりしたら、自分もともに目にしているはずなのだ。だから、お以知が一人で出かけたときに、なにか見ているか、その身になにか起きたはずなのだが、お以知は一向に思いだせないのである。

「ふう、おなかが空いたわね」

吉乃は腹をなでた。

「ご内儀さま、本当に食い気が旺盛ですね。どうしてそんなに急に食べるようになったんでしょう。こんなところのご飯、おいしくもないのに」

「生きようとしているからでしょう。こんなところでくたばるつもりはないのです。無理に食べることで、英気を養おうとしているのですよ」

お以知があきれ顔をする。

「無理に食べているようには、見えないのですけど」

お以知がはっとする。

「お以知、あなた、思いだしたのですか」

「ちがいます」

お以知が大きくかぶりを振る。

「ご内儀さま。できたのではありませんか」

「できたってなにがです」

「できたといえば、一つでしょう」

吉乃は、お以知のいわんとすることをようやく覚った。

「まさか」

「まさかって。ご内儀さま、だって輔之進さまとすごく仲むつまじいですもの。できたってなんら不思議はありませんよ」

「でも、こんなにおなかはぺっちゃんこですよ」

「はらんでしばらくは、ふくらんではいませんよ」

「でもお以知、私に赤子が授かるものなのかしら。私自身、まだ子供なのに」

「中身はそうかもしれませんけど、体は立派な大人ですよ」

「中身が子供であるのは、認めるのね」

「はい、それはもう自信を持っていえます」

「あなた、こんなところに監禁されているというのに、よくそんなことがいえますね」

「殺されることはないでしょうから、鷹揚《おうよう》に構えましょうっておっしゃったのは、ご内儀さまのほうですよ」

「そんなこといいましたか」

「はい、おっしゃいました」

「そう、それなら仕方ないわね」

吉乃は腹をもう一度なでた。さっきよりずいぶんとやさしく。このなかに新たな生命が宿っているのかと思うと、なにか不思議な気持ちになってきた。こんなところで決して死ぬわけにはいかないとの決意をかためた。輔之進たちが必ず救いだしてくれるという思いはこれまでもあったが、それがより強いものに代わった。確信といってよい。きっと生きてここを出られる。でなければ、新しい命が宿るはずがないではないか。

「ご内儀さま、やりましたね」

お以知が涙ぐんでいる。吉乃ももらい泣きしそうになったが、ここは心を強く持った。

「お以知、赤子のことはここを出てからのことです。とにかくここを出ないことには、話になりません。お以知、かどわかされ、監禁されたわけを早く思いだしなさい。きっとあなたが一人で出かけたときよ。そのことが示唆となって、ここを出られるきっかけになるかもしれませんからね」

わかりました、といって、お以知がまた考えはじめる。

「私が一人で出かけたというと、七日前が最後です。あれは、輔之進さまの帯を買いに出たときです。ご内儀さまは体調が珍しくお悪く、臥《ふ》せっていらっしゃいました。考えてみれば、あれも妊娠が理由かもしれませんね」

「つわりということ」

「そうかもしれません。とにかく私が一人で帯を買いに行くことになりました。あのとき私が最もびっくりしたことは、道を歩いている人の肩から、大きな蜘蛛がぽとりと落ちてきてそれが生垣の上を這いずったことです」

「えっ、蜘蛛が肩から落ちてきたの」

なんとおぞましい光景だろう、と吉乃は思った。思い描いただけでぞっとする。

「ええ、びっくりしました。その蜘蛛というのは足高蜘蛛くらいの大きさなのに毛むくじゃらで、これまで見たことのない蜘蛛だったんです。とにかくびっくりして、心の臓がとまるのではないかと思いました」

「そういえば、あなた、そんなことをいっていましたね。生垣の上に落ちたその蜘蛛はどうなったのですか」

「それがまた驚いたことに、横合いからあらわれた人がそっとつまみあげ、大事そうに油紙の袋に入れ、袂《たもと》に落としこみました。そのときその人が私に気づいたんです。私、ちょっと胸のところが痛くて、お稲荷《いなり》さんの生垣の陰にしゃがみこんでいましたから」

「あなた、しゃがみこんでいたって、大きなほうを催していたんじゃないの」

「ちがいます。いつもの差しこみの持病ですよ。動けなくなって、しゃがみこんでいたんです」

そう、と吉乃はいった。

「その蜘蛛を袂に落としこんだ人の顔は、見たの」

「ええ、昼間のことですから、はっきりと」

「今でも思いだせるの」

「はい、なかなかよい男でした」

「あなた、浮気しちゃ駄目よ。あなたには善吉さんという人がいるじゃないの」

「ご内儀さま、なにをおっしゃっているんです。私があのおつむの弱い男に惚れているとおっしゃるのですか」

「ちがうのですか」

「ちがいます」

「むきになって否定するところが怪しいわね」

「本当にちがいます」

「わかりました。では、蜘蛛男の話に戻ります。きっと理由はそれね」

「蜘蛛男の顔を見たことですか」

「ええ、そうよ」

「どうして蜘蛛男の顔を見たからと、かどわかされなければならないのです」

「蜘蛛男は顔を見られてはいけなかったのですよ。蜘蛛男は町人でしたか」

「はい、そうでした。どこぞの商家の奉公人というふう風情でした」

そのとき、からりと蔵の内扉があく音がした。吉乃たちのいるところにやってきたのは、一人の男だった。お以知があっと叫んで、男を指さす。

「蜘蛛男です」

男がにやりと笑った。

「やっぱり覚えていやがったか」

「あなた、ずいぶんといい間合を選んでやってきたものですね」

吉乃はいって男をにらみつけた。男が、ふふふ、と笑いを漏らす。

「壁に耳あり障子に目あり、といったのはあんただろう」

「私たちの会話をきいていたのですか」

「ほかに考えられるか」

「いやらしい男ですね。でも、どうして顔を見られただけで、こんな真似をするのです」

「そのうち教えてやる」

男が出てゆこうとする。吉乃は飛びかかろうとした。男が手のひらを差しだしてきた。

吉乃の体がぴたりととまる。男の手のひらの上には、一匹の大きな蜘蛛がのっている。お以知のいったように、確かに毛むくじゃらだ。こんなに気味の悪い蜘蛛は初めて見た。

「なんです、この蜘蛛は」

「かわいいだろう、なかなか」

「かわいくなんかありません」

「慣れればかわいくなる」

「慣れることなどありません」

「別に無理強いはせんよ」

男が蔵を出てゆく。吉乃の足は床にぴたりと貼りついたまま、まったく動かなかった。

「もう情けない」

吉乃は地団駄を踏んだ。蜘蛛が見えなくなれば、枷がはずれたように足は自由に動いた。

「しかし、どうして蜘蛛男の顔を見ただけで、私たちがかどわかされなければならないのでしょう」

お以知があらためて疑問を口にした。

「そうね。それに、肩からあの蜘蛛が落ちてきたという人も気になるわね。あの蜘蛛、毒を持っているのかしら」

「毒を持つ蜘蛛なんかいるのですか」

「異国にはいるって、なにかの書物で読んだような気がするのだけど。肩から蜘蛛が落ちた人、無事だったの」

「ええ、なにごともなくすたすたと歩いていってしまいましたよ」

そう、といって吉乃は首をひねった。

「それなら、私にはさっぱりわからないわ」

四

三人の死者が出ており、あと一人、仲間がどこかにいる。もう死んでいるのかもしれない。あるいは逃げているのかもしれない。つかまっているのかもしれない。

三人の死者は誰かに殺されたものであると、惣三郎は確信している。しかし、探索は行き詰まっていた。疲れもたまってきている。それで、今日は早じまいということにし、夕刻前だが、惣三郎はすでに町奉行所に戻ってきていた。

善吉はすでに奉行所内の敷地にある中間長屋に戻っているだろう。惣三郎は詰所で一冊の留書を読みふけっている。同僚たちも次々に外から戻ってきており、早々に書類仕事を切りあげて、お先にといって組屋敷に帰ってゆく者もいた。

惣三郎も目が疲れてきたこともあり、なにも留書から得られないこともあって、そろそろ帰ろうかと考えた。今日は疲れを取ることに専心し、明日からまた探索に精だせばよい。留書も明日、また続きを読めばよい。

留書にしおりを差しこみ、閉じた。文机から立ちあがろうとしたとき、定廻《じょうまわ》り同心づきの小者が入口に顔を見せた。

「なんだ、草吉《そうきち》じゃねえか。どうかしたか」

「ああ、河上さま、いらっしゃいましたか」

「今日は早じまいしようと思っていたところだ。どうかしたのか」

「はい、お客さまです」

「俺にか」

「はい。鳴瀬《なるせ》さまとおっしゃる方です」

鳴瀬といえば心当たりは一人しかいない。

「どこにいる」

「大門の下です」

「すぐ行く」

「では、そう伝えてまいります」

「すまねえな」

惣三郎は文机の上を片づけてから、詰所を出た。長屋門になっている大門の長屋の出入口が、詰所の出入口となっている。

大門の下に、確かに鳴瀬左馬助《さまのすけ》が立っていた。相変わらず端整な顔をしていた。

「おう、久しぶりだな、左馬助」

「おう」

左馬助が破顔して手をあげた。

「おっさんも元気そうでなによりだ」

惣三郎のことをおっさん呼ばわりするのは、左馬助くらいだ。

「本当に久しぶりだな、左馬助。同じ江戸にいるってのに、なかなか会わんもんだ」

「まったくだ。会おうという気にならんと、会わんもんだな」

「それでどうした。俺の暑苦しい顔を見に来たわけじゃあるまい」

「うん、ちょっと気になることがあってな」

「なんだ。ここじゃまずいか」

「歩きながら話せるか」

「ああ、いいぜ」

大門を抜け、惣三郎と左馬助は堀沿いの道を歩きはじめた。あたりは夕暮れの色が濃くなり、堀は黒い水を浮かべていた。風が舞うと、堀にはさざ波ができるが、すぐにまたもとの静けさを取り戻す。

「白金堂に人が住み着いている。知っているか」

「まさか日月斎がまたか」

「知っていたか。そうだ、あの怪しげな薬売りだ」

「会ったのか」

「ああ、重兵衛に留守を頼まれているからな、白金堂に風を入れに行ったんだ。そうしたら、あの男がいて、俺は驚いた。重兵衛と同郷の知り合いだといい張るし、こちらはそれを論破するだけの材料はない」

「確かにな。いい張られたら、それまでだ。しかしあの男、また住み着いたのか。また追いだしに行かなきゃな」

「一度は追いだしたのか」

「ああ、けつを蹴り飛ばしてやった」

「そうか。しかしいくらおっさんでも、今度は無理だな」

「どうして」

「御墨付をもらったからだ」

「御墨付だって」

「白金堂の大家は、田左衛門さんだ。知っているな」

「まさかあの男、田左衛門さんの許しを得たというんじゃねえだろうな」

「そのまさかだ」

わずかな間を置いて、左馬助が続ける。

「日月斎という薬売りは人助けをしたんだ」

「どんな人助けだ」

左馬助が事情を説明する。

「水に中った子供を救ったか。しかも腕のいい医者を差し置いてか。なんか臭いな」

「おっさんもそう思うか」

左馬助は、我が意を得たりというような顔をしている。

「俺が気になるのは、あの日月斎という薬売りが胡散臭いだけじゃないんだ。別の理由がある」

「別の理由というと」

「白金堂で、なにか弱々しい人の気配も感じたんだ。どうも、そのことが気になって仕方がないんだ」

「白金堂に行ったのは今日か」

「そうだ」

「弱々しい人の気配ってのはなんだ」

「よくわからん。とにかく、そういう気配を感じたんだ。あの日月斎という男、なにか罪を犯してはいないか。それが知りたくて俺はやってきたんだ」

　惣三郎は深くうなずいた。

「俺もどうしてか日月斎のことが気になって、書庫から一冊の留書を取りだして、さっきまで読んでいたんだ。薬関係の事件の留書だ。だが、今のところ、日月斎らしい男のことは出てきていないな」

「そうか、残念だ」

「とにかく俺はもう一度、やつの様子を見に行ってくる」

「そうしてくれるか」

「ああ、まかしておけ」

　ふと左馬助が背後を気にした。

「どうかしたか」

「いや、なにか人の気配を感じたんだが、勘ちがいだったか」

「なんだ、いやなことをいうな。誰か俺たちの会話に、きき耳を立てていた者がいるというのか」

「しかし、誰もいないからな」

惣三郎も自分たちの背後に目をやった。だいぶ暮れてきており、闇が黒々ととぐろを巻きはじめていた。どうしてか木陰に物の怪がいるような気がして、惣三郎はぶるっと体を震わせた。


空に月はない。

忍びこむには格好の晩である。

白金堂の一町手前まで来たところで提灯を吹き消した。一瞬で、あたりは真っ暗になった。惣三郎のまわりを闇が包みこむ。夜が無数の腕を伸ばし、惣三郎の体を絡め取ろうとしているような錯覚に陥る。月はないが、星は瞬いている。その明かりだけでも十分に道の先は見通せた。

もう九つになろうとしている。こんな刻限に、この土手道を歩く酔狂な者はいない。酔っ払いの姿もない。惣三郎はひたひたと足音を殺して、白金堂に近づいていった。

あと三間ばかりになって、息を殺した。白金堂の建物が覆いかぶさってくる。夜だと、意外に大きく見えるから不思議だ。

ふと視線を感じたような気がし、振り向いた。しかし、そこには青さのまじる闇がとぐろを巻くようにしているだけだ。勘ちがいか、と惣三郎は吐息を漏らした。

庭に通ずる枝折戸を、あけずにまたいで越した。さてどこから忍びこむか、と黒い影と化している建物を見つめて思った。

もっともすでに決めている。日月斎は重兵衛の部屋を自分の部屋にしていた。そこから最も遠い場所だ。となれば、台所が一番だろう。重兵衛がいたときには、勝手口に錠はおりていなかった。もし日月斎が錠をつけていたら、台所から入るのはあきらめなければならない。錠破りはできない。そんな才はない。

惣三郎は台所にまわってみた。勝手口に目をやる。顔をしかめた。錠ががっちりとされていた。これは日月斎がつけたのだろう。用心深いのだ。やはりあの男は、左馬助がいうように、犯罪人にちがいない。

台所が駄目となれば、次善の策を用いなければならない。惣三郎が忍びこもうと思っているのは教場である。縁の下に入りこみ、床板を持ちあげるのだ。

実際に惣三郎はそうした。教場の出入口が開いていれば、そこから入ってもよかったが、こちらにも錠がおりていた。いくつもの蜘蛛の巣を破って、惣三郎は教場の下に入りこんだ。真っ暗だったが、泥だらけになって縁の下を這いずっているうちに、目が慣れてきた。このあたりだったか、と床板に手を伸ばした。しかし床板は上に持ちあがらない。それはそうだろう。釘で打ちつけてあるのだから。

どこだったか、確かこの辺だったのだが。

惣三郎は探しまわった。一度、教場に入ったとき、釘がゆるんで床板が外れそうになっているところがあったのだ。そこを惣三郎は目指しているのだが、やはり闇のなかということもあり、なかなか見つからない。

それでも持ち前のしつこさを発揮して、ついに外れそうになっている床板を見つけた。慎重に持ちあげる。音が立たないように、床の上に重ね、顔をのぞかせた。教場は闇がどろりと横たわり、無人だった。がらんとしている。惣三郎は体を持ちあげ、教場の床にあがった。床を汚さないように裸足になる。このほうが足音も立たず、都合がよい。

そろりそろりと歩いて、惣三郎は教場から重兵衛の部屋の方へ歩きだした。途中、教場と住まいを仕切る板戸が閉まっている。ここをあけるときに、どうしても音が立ってしまうのはわかっていた。だから泥棒がするように、惣三郎は油の入った小さな壺を持ってきていた。それを敷居にたらりと落とす。十分に油がしみたところで、戸をあけた。ほっと息をつく。音はまったく立たず、するりと戸は動いたのである。

廊下がまっすぐ続いている。その上を惣三郎は忍び足で歩いた。町奉行所に訪ねてきた左馬助の口にした、弱々しい人の気配というのが気になって仕方ない。誰か、白金堂に監禁されているのだ。もしや、それは俺たちが捜している四人の仲間のうちの一人ではないかという気がしている。惣三郎は確かめずにはいられず、こんな盗人のような真似をしているのだ。

惣三郎は一人である。善吉には知らせなかった。あの男はどじだから、なにをしでかすか知れたものではない。こんな肝心のとき、必ずへまをやらかすのだ。

どこからか人が泣いているような声がきこえてきた。惣三郎は耳を澄ませた。重兵衛の部屋のほうだ。惣三郎はそちらを目指した。

また油を垂らし、腰高障子を一寸ばかり動かした。むっ、と声が漏れそうになった。

行灯が隅で燃えている。日月斎が一人の男の前に立ち、短刀を構えている。男は芋虫のように畳の上を這いずっている。

その短刀で、日月斎は、男の皮膚を薄く切り取ったりしている。明らかに拷問だ。男には猿ぐつわがされ、両手両足にきつく縛めがされている。猿ぐつわは、苦痛の声が外に漏れださないようにするものだろう。

ひでえ、と惣三郎は思ったが、今は見守るしかなかった。どうして日月斎があんな真似をしているのか。

日月斎が男に、吐け、といった。形相が変わっている。いかにも酷薄そうな顔だ。惣三郎に見せた人のよさそうな表情など、かけらもない。あれがあの男の本性だろう。やはり犯罪人だ。

「きさまも、あの三人の末路を見ただろう。ああなりたいのか」

「ご、ごろぜ」

日月斎がふっと薄く笑う。

「そうたやすく殺せるか。もっと楽しませてもらう」

「こ、殺せ」

猿ぐつわをされているのに、今度ははっきりときこえた。

「ふん、よかろう。吐く気はないか。しかしな、どうせもうわかっているんだ。うぬは和《い》泉守《ずみのかみ》さまの家中の者であろう」

男の頬がぴくりと動いた。

「図星か」

また日月斎が笑う。その顔が行灯の灯に淡く照らされ、人でないように見えた。

「これを見ろ」

紙包みからなにかを男の手に落としこんだ。惣三郎は目を凝らした。

一匹のおぞましい蜘蛛が、男の手のひらに置かれた。なんだ、あの蜘蛛は。足高蜘蛛くらいの大きさなのに、毛むくじゃらだ。

男の顔が引きつる。

「殺すぞ、覚悟しろ」

日月斎が冷たくいい、男の手のひらを両手で包みこむようにした。ぎゅっと男の手のひらを押し潰すようにした。あれでは同時に蜘蛛も潰れただろう。男がうっとうなった。体がびくんと痙攣《けいれん》する。しばらく畳の上でびくんびくんと陸にあがった魚のようにはねていたが、やがて口から泡を吹いて動かなくなった。目は大きくあいているが、なにも見てはいない。

——死んじまった。

日月斎が男の手のひらをひらく。潰れた蜘蛛の死骸が出てきた。あれが毒蜘蛛であるのは疑いようがない。三人の男の手のひらに残されていた小さな傷の意味がようやくわかった。あの野郎、と惣三郎は思ったが、足が動かない。懐の十手を握り締める。

不意に背後で、ことりと音がした。ぎょっとして惣三郎は振り向いた。人がいた。見慣れた人のよさそうな顔がそばにある。

「善吉。どうしてここに」

知らず言葉を口走っていた。その次の瞬間、音高く腰高障子があいた。鬼のような顔をした日月斎が立っていた。

手のうちの短刀を振りおろしてきた。それが惣三郎の頭に当たった。がつ、と音が立ち、惣三郎は気を失った。

「旦那っ」

最後に耳に届いたのは、善吉の悲痛な叫びだった。

「いったいどうしてこんなことに」

泣き言がきこえた。惣三郎は目を覚ました。頭が痛い。手足の自由がきかない。きつく縛めがされていた。思い切りきつく巻いてあり、縄がゆるむ余地はない。

「永輝丸をただでくれるっていうから、いい人だと思ったのに」

「おめえ、なに、泣いてやがんだ」

そばに善吉がいて、同じように転がされていた。善吉の涙が畳を濡らしている。

「まったく情けねえな」

「どうしてこんなことになっちまったのかなあ、と思ったら、自然に涙が出てきちまったんですよ」

「どうしてこんなことになったか。教えてやろう。おめえのせいだ」

惣三郎は毒づいた。

「いったい全体、どうしておめえはここにいるんだ。どうして俺のあとをついてくることができたんだ」

「夕方の旦那と左馬助さんの会話をきいたんですよ。あのときちょうど酒を買いに出たんですよ、あっしは。早じまいでしたから、たまには酒もいいかなって。そうしたら二人が話をしていたんで、近づいていったんですよ。左馬助さんが気づきそうになったからびっくりして、どうしてか木の陰に隠れてしまったんですよね」

あのときかい、と惣三郎は思いだした。

「まったく相変わらず間の悪い野郎だ。こんなところでおっ死ぬのにぴったりだぜ」

「でも旦那、日月斎は、殺さないといいましたよ」

「馬鹿、本気にできるか。あの殺し方を見ただろう」

「でも、町方同心を殺したところで、いいことは一つもないっていいましたよ」

「いいことは確かに一つもねえがな、それが本当のことなのか、正直、わかるめえ。日月斎の気持ちが変われば、俺たちは即刻あの世行きだ。あの蜘蛛を握り潰されることになる」

「旦那、縁起でもないこと、いわないでくださいよ」

ふん、と惣三郎は鼻を鳴らした。

「とにかく善吉、なにが起きても取り乱さねえように、覚悟を決めておくことだ。いま俺たちができることはそれしかねえ」

第四章

一

月はない。

星の瞬きは数知れない。

その点でいえば、忍びこみを敢行するのにはよい晩だとはいえない。それに、待ち構えられているかもしれない。

それはそれでよい。あの屋敷が、吉乃とお以知のかどわかしに関係し、さらには襲いかかってきた十人の侍とも関わっていることがはっきりするからだ。それに、あの恐ろしく強い侍とまた対峙できるのではないかという思いが重兵衛にはある。

またやりたい。刃をかわしたい。今日は道中差ではなく、重兵衛は刀を腰に帯びている。

やはり刀のほうが、腰のあたりがどっしりする。体に一本、芯が通るような心持ちになるのだ。

提灯は早くからつけていない。星明かりだけで道は行ける。それに、やはり江戸よりもずっと空が高く、星の数も多い。空におびただしい星があることも、星がこんなに明るいことも、諏訪に戻ってきて、久しぶりに思いだした。

杖突街道から脇道を折れ、鬼伏谷を目指した。別に視線は感じない。誰にも見られていない。

重兵衛と輔之進は鬼伏谷に着いた。正面に例の屋敷が星明かりを浴びて、青く見えている。屋敷は夜の海にひっそりと沈んでいた。遠目では、あそこに十人の侍がいるようには見えない。しかし、待ち構えているおそれはひじょうに強い。

重兵衛と輔之進は二町ほどの距離を置いて、しばらく屋敷を眺めていた。

「用意をするか」

重兵衛は輔之進にいった。輔之進が、ええ、とうなずく。重兵衛と輔之進は、鉢巻をし、襷《たすき》がけをし、股立《ももだ》ちを取った。これでずいぶんと身動きが楽になる。重兵衛は輔之進を見やり、いいぞ、といった。輔之進も重兵衛を見て、なにも問題ありませぬ、と告げた。

「では行くか」

「はい、まいりましょう」

重兵衛と輔之進は、谷を突っ切る一本道を歩きだした。谷を渡って、ゆるく風が吹いてくる。どこか生あたたかだ。気味の悪い風だが、この谷にはふさわしいような気がする。

距離が詰まり、あっという間に屋敷の黒々とした形が眼前に迫ってきた。塀越しに見ても、やはり母屋は巨大である。

しかし、あの母屋は関係ない。重兵衛たちが目当てにしているのは、奥の林に建つ小屋のような細長い建物だ。あそこに忍びこみ、吉乃たちがいないか、確かめなければならなかった。

塀沿いに屋敷の裏手に向かう。ちょうど塀の内側に蔵が建っているところを通りすぎたとき、目当ての建物が闇のなかに浮いて見えてきた。

「ちょっと待ってください」

輔之進が重兵衛を制し、足をとめた。

「輔之進も感じたか」

「はい」

輔之進が塀越しに蔵を見あげる。

「今はいないかもしれませんが、吉乃たちはこの蔵に監禁されていたようですね。どうして昼間、そのことに気づかなかったのか」

「昼間はいろいろなことに気を使って、惑わされるからな。夜のほうが神経を集中できる。それに、今日の昼間、この蔵を見せてもらったが、肥のにおいがしていた。それに俺たちはまんまとごまかされた」

「そういうことだったのですね」

輔之進が悔しげに唇を噛む。

「あの建物に吉乃たちはいるのでしょうか」

「どうかな。この蔵から果たしてあそこに移したものか。輔之進、とにかく行ってみるしかあるまい」

二人は腰を落とし、建物にじりじりと近づいていった。あと五間ばかりまで迫ったとき、濃厚な殺気が重兵衛たちを包みこんだ。重兵衛と輔之進は足をとめ、闇を透かし見た。

地面がもぞもぞと動き、そこから影がゆらりと立ちあがった。それが次々に続いて、全部で五つの影が目の前にあらわれた。まんなかにいるのは、首領と思える例の強烈な遣い手である。気づくと、背後にも同じように五人の侍が立っていた。

「こいつはすごい」

輔之進が余裕の感じられる嘆声を発する。

「鎧武者《よろいむしゃ》だ」

重兵衛も興味を抱いて全部で十人の侍を見つめた。輔之進のいうように、鎧に身を包んでいた。戦国の昔にはやった、鉄砲玉も通さない頑丈な鎧である。

「今度は本気のようだな」

重兵衛はつぶやいた。輔之進が大きく顎を引いた。

「ええ、それがしどもを本当に殺そうとしていますね。ここで屠るつもりでしょう。義兄上、どうしますか、やりますか」

重兵衛は小さく笑った。

「おぬしはやる気満々だろう」

「お見通しでしたか」

輔之進は舌なめずりするような顔つきだ。

「鎧武者と戦うのは、初めてですよ」

楽しみでならないという口調である。

「しかし輔之進、鎧相手では刀ではなかなかやれないぞ」

「ええ、知っています。しかも鎧の弱点である隙間をぴったり隠してあるようですね。それに、ごていねいに全員が面頬まで着用しています」

輔之進はうずうずしている。

「ようやく吉乃たちの居どころをつかめるやも知れぬところまでやってきましたからね。ここはなんとかしないといけませぬ」

その通りだ。鎧武者だからといって、気後れするわけにはいかない。もっとも、重兵衛も早くやり合いたくて、気持ちを抑えがたくなっている。

「輔之進、行くぞ」

「ええ」

静かだが、闘志のこもった声を返してきた。

「義兄上、お先に行かせていただきます」

輔之進がだっと土を蹴った。舞いあがった土がちょうど吹きこんだ風に、横に引かれる幕のように、さあと運ばれてゆく。

輔之進はまっすぐ首領に向かって駆けてゆく。重兵衛はすぐさま追った。輔之進が早くも首領を間合に入れる。上段から容赦のない斬撃をぶつけてゆく。首領は動かなかった。輔之進の右横から二人の配下が進み出て、槍を突きだしてきた。二本の槍は輔之進の体を貫くとかと見えたが、輔之進は槍に見向きもせず、勘だけでかわしてみせた。槍は輔之進の背後の空間にむなしく穴をあけた。

輔之進の斬撃は勢いを減じることなく、首領に向けて振りおろされてゆく。鉄を打つ音が響き渡り、夜の壁に突き当たってはね返ってきた。首領ではなく、そばに控えていた別の侍が輔之進の刀を弾いたのである。輔之進はその侍に向き直るや、姿勢を低くし、刀を胴に振った。まったく躊躇《ちゅうちょ》のない斬撃で、まさに目にもとまらなかった。重兵衛に見えなかったくらいだ、敵の視野にはまったく入ってこなかったのではないか。

胴をしたたかに打たれた侍が、うっとうなった。がくりと両膝をつく。そのままどう、と音を立てて前のめりに倒れていった。殺したのか、と思ったが、鎧は切れていなかった。つまり衝撃だけで、輔之進は敵を倒してみせたのである。さすがに輔之進だ。天才剣士の本領発揮といったところだろう。

重兵衛も遅ればせながら、敵中に突っこんだ。槍を手にしている二人が重兵衛に向かってきた。左側の敵が槍をしごいて突きだしてくる。重兵衛は刀で穂先をはねあげ、敵のがら空きの胴に刀を叩きこもうとした。しかし、その斬撃は右側のもう一人が槍を勢いよく突いてきたことで阻まれた。だが、重兵衛はこの槍をかわし、さらに左側の敵がぶんと上から振りおろしてきた槍もあっさりとよけてみせた。敵の槍が地面を打ちつけるのを見て、思い切り穂先を踏んだ。持ちあげようとした槍があがらないのを見て、敵が狼狽《ろうばい》する。そこをもう一人の敵が助けようとする。重兵衛の狙いはそれだった。槍を横から旋回させ、重兵衛を槍の柄で薙《な》ぎ倒《たお》そうとしたが、わずかながらも槍は大まわりになり、敵の右の腋《わき》の下《した》に隙ができたのである。重兵衛はそこに狙い澄ました斬撃を叩きこんだ。強烈な手応えがあり、侍が息をのんだような声を発した。槍を地面に取り落とす。同時に右膝が割れ、侍は横向きに倒れこんだ。その体が柄に当たり、槍がはねて転がったが、首領の足に当たってとまった。

重兵衛は輔之進を見た。輔之進は刀の斬撃をするりとかわし、下から上に刀を振りあげていった。それはよけられたが、返す刀がまたしても目にもとまらなかった。敵の背中を痛烈に打ったのである。背中を打たれた敵は、頭から地面に突っこんで動かなくなった。

重兵衛は槍を持つもう一人が突きだしてきたところを横に動いてかわし、槍を小脇《こわき》に抱えるや、ぐいっと横にひねった。敵が引っぱられまいとこらえるところを、槍をすっと放した。敵がうしろ向きにたたらを踏む格好になる。そこに刀を叩きこむと見せかけて、背後から味方を救うために駆け寄ってきた敵にめがけて刀を大きくまわした。がん、という音がし、刀は敵の兜《かぶと》を強烈に打った。面頬のなかの両目が光を失ったのが見えた。そのまま膝からくずおれていった。地面にうつぶせたまま、ぴくりとも動かない。

輔之進は三人目の敵を相手にしていた。刀を振りおろしてきたところをすっと横に動いて避けた。敵が輔之進を追って胴に振ってきたのも足さばきで軽々とかわした。じれたように敵が突きを見舞ってきた。それも輔之進はよけた。眼前の敵を狙うと見せて、背後から近づいてきた敵の斬撃をかいくぐり、左の肩先に袈裟斬りを浴びせた。敵の背が縮んだように見えるほどの強烈さだった。敵はもんどり打って地面に転がった。うぅというめきを残し、がくりと首を落として気絶した。

重兵衛も三人目の敵を相手にしていた。槍の侍である。重兵衛の動きをじっと見て、自分からは仕掛けてこない。背後の敵も、下手に味方を救おうとすると、自分がやられるので、手だしができずにいる。重兵衛たちは敵の連係を分断することにものの見事に成功していた。

重兵衛は槍の侍に向かって突進した。重兵衛の動きを見極めて、槍が突きだされる。体に届くかというところまで見てから、重兵衛はかわした。横で見ている者には、槍が突き刺さったように映ったのではあるまいか。重兵衛は一気に敵に迫った。敵が槍を捨て、刀を抜く。下から重兵衛の胴を斬ろうとした。重兵衛はあえて敵の刀に自らの刀をぶつけていった。刀同士が当たり、鈍い音が闇に発せられた。片方の刀が折れ、短くなった刀身がぐるぐるとまわりながら、飛んでいった。かたわらの大木の枝に当たり、力なく落ちてきた。折れた刀を手にした敵が呆然と重兵衛を見る。それでも脇差を引き抜こうとした。重兵衛は上段から兜を打った。またも侍が目をまわし、どたりと背中から地面に倒れた。

目を向けると、輔之進は四人目の敵を屠ろうとしていた。振りおろされた刀を避け、下から刀を振りあげてゆく。刀は敵の面頬を痛烈に打った。首がうしろに折れ、侍がへたへたと崩れ落ちてゆく。くにゃりと地面に横になり、まったく動かなくなった。

重兵衛も四人目の敵を相手にしていた。これは背後から襲いかかってきた侍だった。斬撃は鋭かったが、重兵衛は勘だけで楽々とかわした。侍はさらに刀を振るってきた。冷静に重兵衛の動きを見極め、刀を扱っている。しかも、ちょこまかとよく動いている。重兵衛を動きで幻惑しようとしていた。鎧兜を身につけているからといって、動きが鈍くなるわけではない。鎧を着けていても走れまわれるし、大きな石の上に跳びあがることだってできる。敵の動きはすばしこかったが、重兵衛にははっきりと見えていた。幻惑などされるはずがなかった。重兵衛の横に出た敵が、視野から外れることに成功したと確信したか、そこで足をとめ、存分に刀を振りおろしてきた。重兵衛は遅れて刀を振りはじめたが、先に相手の体に届いたのは重兵衛の刀のほうだった。重兵衛の刀は敵の横腹を痛撃した。相手は刀を放りだし、どっと前に倒れた。

ちょうど輔之進は五人目の兜を思い切り打ち、敵を気絶させたところだった。地面に倒れこんだ敵は、ぴくぴくと体をひくつかせたのち、動きをぴたりととめた。

重兵衛は四人、輔之進は五人を倒した。残るは首領だけだった。首領は落ち着いている。

ふふ、と笑いを漏らした。

「鎧兜はしくじりだった」

首領が自嘲気味に認める。

「うぬらには、むしろやりやすくなってしまった。なにしろ加減の必要がない。思い切り振っても殺すことはないというのが、うぬらに力を与えてしまった」

「どうする。潔く降参するか」

「なにをいっている。こちらは負けておらぬぞ」

「吉乃とお以知を返せ。さすれば、命は取らずにいてやろう」

輔之進が首領にいう。

「ふん、あの二人が今頃どこにいるか、俺の知ったことではない。ここにはおらぬ。それよりもうぬら、お牧とおそのの身に危険が迫っていると考えたことはないのか。二人のことを屋敷に確かめに行かずともよいのか」

なにっ。さすがに重兵衛と輔之進に動揺が走った。お牧とおそのが襲われるなど、考えてもいなかった。しくじりだった。吉乃とお以知に手をだした連中である。お牧とおそのも必ず狙ってくると、どうして考えなかったのだろう。

くそっ。

首領をどうするか。できれば捕らえたい。いや、この男こそ捕らえたい。どうして吉乃とお以知をかどわかし、重兵衛たちを狙うのか、この男をつかまえられれば、すべてわかるだろう。

「なぜ俺たちを狙う」

重兵衛は声を放った。面頰のなかの目が、細められた。笑っているのだ。

「いずれわかる」

「いずれというのは、いつのことだ」

「いずれはいずれよ。それ以上でもそれ以下でもないわ」

首領が刀を正眼に構える。見事に決まって、まったく隙がない。

「興津重兵衛、母親と女房になる女を見捨てるつもりなら、かかってまいれ。相手になってやる」

「義兄上、どうします」

輔之進が首領に視線を注ぎつつ、いった。

「屋敷に戻らずとも、よいのですか」

「母上たちのことは、この男が助かりたいがゆえの脅しにすぎぬ」

「しかし、脅しでないかもしれませぬ」

「脅しだ。この男を捕らえてから、屋敷に戻ることにしよう」

「それは無理です」

輔之進が冷静にいう。

「時間をかけさえすれば、この男は必ず捕らえることができます。だがそんなことをしていたら、義母上とおそのさんが……」

重兵衛は歯を嚙み締めた。輔之進のいう通りだ。二兎は追えない。この首領は一人だけ別格である。捕らえるといっても、手こずるのはまちがいない。そのあいだにお牧とおそのに何かあったら。戻ることでそれが防げていたら、重兵衛は一生後悔するにちがいない。

目をあげ、ほんの一間の距離を置いて刀を構えている男を見つめた。この男の顔を覚えておかなければならない。必ず、またまみえることになる。

「よし、戻ろう」

重兵衛は輔之進にいった。そうはいっても、首領がいつ襲いかかってくるか知れたものではなく、重兵衛と輔之進はうしろにじりじりと下がった。首領はその場を動かない。刀を構えたまま、こちらをじっと見ているだけだ。

五間ばかりの距離ができた。ここまで離れればよかろう、と重兵衛と輔之進はきびすを返して走りだした。

高島城下の屋敷まで相当ある。どんなに必死に駆けたところで、一刻は優にかかるにちがいなかった。

二

息も絶え絶えになっていた。

頭に浮かぶのは、お牧とおそののことだけである。

ようやく高島城下に入った。狭い道の角を次々に曲がってゆく。屋敷が闇のなかに見えてきた。別に異変は感じられない。静かなもので、門はしっかりと閉じられている。

重兵衛と輔之進はくぐり戸をあけ、屋敷内に駆けこんだ。

「母上、おそのちゃん」

廊下を走り、お牧の寝間に向かう。

「母上、おそのちゃん」

腰高障子をあけた。暗いが、寝間に二つの布団が敷いてあり、その上に二つの影があることはわかった。二つの影ともに起きあがり、布団の上でしっかりと正座していた。

「どうしたのです、重兵衛」

凛とした声が闇に響く。

「なにをうろたえているのです。そなたらしくもない」

「母上」

重兵衛は、右側の影の前にひざまずいた。

「ご無事でしたか」

「当たり前です」

重兵衛はおそのの前に膝行した。

「おそのちゃんも無事か」

「はい、大丈夫です。重兵衛さん、いったいなにがあったのですか」

ふう、と息をついて輔之進がへたりこむ。荒い息を吐きはじめた。

重兵衛はどんなことがあったか、説明した。

「そのようなことがあったのですか」

お牧が残念そうにいった。

「輔之進どのと重兵衛が悪者を退治し、吉乃どのとお以知の二人を取り戻してくることを期待して、私たちは布団は敷きましたけど、横になってすらいません。あなたたちと一緒に戦っているつもりでいました」

「母上、無理はなさらないでください」

「こんなときです。無理はします。それに、もう熱は下がりました」

「しかし、風邪がぶり返したら」

お牧が背筋を伸ばし、毅然とした態度を取る。

「そのときはまた、おまえのつくってくれる薬湯を飲みます」

とりあえず、お牧とおそのの身になにもなかったことに、重兵衛は安堵の色を隠せない。

輔之進も同様である。

しかし、今夜が無事だっただけで、この先がどうか、正直わかったものではない。二人にはどこか安全なところに行ってもらったほうがよい。景十郎の屋敷で預かってもらうのがよいのではないか。あそこなら大勢の家臣がいる。今夜のように、屋敷に女二人きりということには決してならない。

重兵衛はその考えをお牧に告げた。お牧が深くうなずく。

「そのほうがよろしいでしょう」

きっぱりした口調でいった。

「私たちは輔之進どのと重兵衛の足手まといになっているようですから。朝がきたら、津田さまのお屋敷に移ることにいたします」

「お聞き届けいただき、感謝します」

　重兵衛はお牧に向かって頭を下げた。このまま、景十郎の屋敷を訪れてもかまわないという気はしている。景十郎は深夜の客に慣れているはずなのだ。

　しかし、重兵衛と輔之進が同時にこの屋敷を離れるわけにはいかない。どちらかが津田屋敷を訪れることになる。それはおそらく輔之進の役目になるのだろう。だが、夜明けまでもう一刻もない。それならば、お牧たちを連れて津田屋敷を皆で訪問したほうがよい。

　そういう結論に落ち着き、重兵衛と輔之進はいったん一緒の部屋で横になることにした。少しでも疲れを取っておいたほうがよい。交代で水浴びをし、着替えもすませた。それだけでだいぶ気分がすっきりした。むろん、あの首領の言葉にのせられたことに、悔しい気持ちはある。しかし、必ずあの首領とはまたやり合うことになるはずだ。そのときを待てばよい。

「申しわけありませんでした」

　布団を並べて横になったとき、輔之進が謝った。

「なにを謝る」

「首領の言葉を、真に受けてしまったことです」

「輔之進だけが真に受けたわけではない。俺もだ」

「しかし、義兄上は首領を捕らえたいとおっしゃった」

「希望にすぎん。母上とおそのちゃんのことを持ちだされたところで、勝負ありだ。とてもではないが、あの男と戦えるだけの心持ちではなかった」

重兵衛は頭を傾けて、輔之進を見た。

「少し寝よう。やつらも俺たちがそろっているところを狙ってはこぬだろう」


馬上で景十郎が望見する。

「ふむ、あれか」

すでに夜はすっかり明け、視界はすっきりと晴れている。空にはやや雲が多いが、陽射しがさえぎられるほどのものではなく、太陽の勢いは、すでに誰にも御せぬものになっている。今日も暑くなりそうだ。こぢんまりとした丘の上に建つ屋敷は斜めに射しこむ光をまともに浴びて、鈍く光っていた。母屋の屋根瓦だけが鋭く陽射しをはね返している。

重兵衛は刀に手を置いて、身じろぎ一つせず屋敷を眺めた。三町ほどの距離を置いているが、屋敷に人の気配があるようには思えなかった。

「果たしているかな」

重兵衛の思いを覚ったように景十郎がつぶやく。

「いてくれることを願いますが、期待はできぬのではないかという気がします」

輔之進が景十郎を見あげていった。

「ふむ、期待薄か。確かにな。逃げだす時間はたっぷりとあったゆえな」

景十郎は、配下の目付衆のうち、五人を連れてきている。中間や小者を含めれば、総勢で二十人は超える。

「よし、行こう」

景十郎の命で、重兵衛たちは鬼伏谷を突っ切る道を歩きはじめた。一歩進むごとに屋敷が大きくなり、迫ってくる感じがある。

重兵衛たちは冠木門の前に立った。がっちりとした門は閉じられている。輔之進が分厚さを感じさせる門を押した。閂《かんぬき》がおりているようで、きしんだだけで門はあかなかった。

輔之進がくぐり戸を押した。こちらはなんの手応えもない様子でひらいた。輔之進が景十郎を見る。馬上で景十郎がうなずく。

輔之進が門の向こうの気配を嗅いでから、くぐり戸に身を沈める。素早い身ごなしで、一瞬で姿が消えた。すぐに門がはずされる音がし、門がひらいてゆく。

景十郎の配下たちが屋敷内に入ってゆく。重兵衛も続いたが、景十郎のそばを離れる気はない。

輔之進を含めた目付衆がくまなく捜索したが、案の定もぬけの殻で、屋敷内には一人もいなかった。むろん、吉乃とお以知もいない。もっとも、昨夜の段階で吉乃とお以知の二人が、どこかよそに連れ去られていたのは、まずまちがいない。

あの十人の侍もいない。気絶していた九人は息を吹き返し、あの首領に引き連れられて、どこかへ去ったということなのだろう。

奥の林の建物も無人だった。

外から見るよりも、ずっと奥行きのある建物で、いくつもの部屋がしつらえてあった。あの十人の侍はこの建物で寝起きしていたのではないか。

最も奥にある土間は、いやなにおいに満ちていた。八畳ほどの広さだが、おびただしい数の木箱が積みあげられていた。木箱には土が入れられているだけで、ほかにはなにもない。

「わあっ」

目付の一人がらしくない悲鳴をあげた。

「どうした」

景十郎が鋭くきく。

「これです」

目付が土間の隅を指す。そこには一匹の蜘蛛が這いずっていた。

「なんだ、これは」

景十郎が目をみはる。重兵衛と輔之進も同じだった。これまで見たことのないおぞましい蜘蛛だ。毛むくじゃらで、いかにも邪悪さを放っているのがわかる。いったいこの蜘蛛はなんなのか。

「毒蜘蛛かもしれんな」

景十郎が平静な面つきでいう。それから木箱に目を移した。

「この蜘蛛は、この木箱で飼われていたのかもしれぬ」

「では、この箱すべてに、この蜘蛛が一匹ずつ入っていたのでしょうか」

輔之進が呆然としたようにいう。

「かもしれぬ。あるいは、一匹ずつではないかもしれぬな」

景十郎が小さく息をつく。

「この屋敷にいた者たちが、ほとんどの蜘蛛を持ち去ったのであろう。ここにいるのは、置き去りにされた蜘蛛だな。少し哀れではあるが、踏み潰せ。よいか、手は触れるな。ほかにもいるやもしれぬ。一匹も逃がすでないぞ」

景十郎の配下たちが蜘蛛を見つけだし、次々に踏んでいった。土間に七、八匹の死骸が残った。

景十郎がしゃがみこみ、蜘蛛の死骸の一つを懐紙に包みこみ、懐にしまいこんだ。

「この蜘蛛がいったいなんなのか、家中の学者に調べてもらう」

景十郎が重兵衛を見つめていった。


いい気持ちだ。

重兵衛は丘のてっぺんにいて、涼しい風に吹かれている。草原に文机を置き、書見をしていた。頭上では太陽が燦々《さんさん》と輝いているが、なんらまぶしくはない。書物をすらすらと読み進めてゆく。書物はむずかしいものではない。戯作本《げさくぼん》である。これがとてもおもしろい。こんなにおもしろい書物を誰が書いたのか気になり、著者の名を見てみたが、そこだけひどく薄れてしまっており、読み取ることはできなかった。この著者の別の著作があれば、読みたいが、これではどうしようもない。重兵衛は戯作本の続きを読もうとした。

肩を揺すぶられた。いきなりうつつに引き戻された。はっとして目をあける。目の前におそのがいた。静かに語りかけてくる。

「重兵衛さん、津田さまがいらっしゃるとのことです」

「津田さんが」

重兵衛は素早く起きあがった。

「ここは」

部屋を見まわした。見覚えがあるような、ないような部屋である。ああ、そうか、と思いだした。お牧とおそのを津田屋敷に連れてきたのを失念していた。昨日からの疲れが出て、重兵衛は知らずうたたねしていた。

景十郎が部屋に入ってきて、座った。重兵衛は背筋を伸ばして正座した。

「重兵衛、屋敷の持ち主がわかったぞ」

鬼伏谷の丘に建つ例の屋敷のことである。

「誰のものでしたか」

「江戸の薬種問屋の隠戸屋などではない。下諏訪宿の旅籠の持ち物だ」

「下諏訪宿の旅籠ですか」

「将棋屋という変わった名の旅籠だ」

重兵衛は思いだした。あの旅籠には話をききに行き、番頭と話をした。あのときは上方から来た客でごった返していた。

「今から向かう。一緒に来るか」

重兵衛に否《いな》やはなかった。

将棋屋は、もぬけの殻というわけではなかった。

何人かの奉公人が残されていた。しかし、なにも知らされていないために、ある者は狼狽し、ある者は呆然としていた。

「あるじの朋左衛門はどうした」

輔之進が奉公人の一人にきく。

「それがさっぱりわかりません」

若い男の奉公人が気抜けしたように答える。

「ずっと姿が見えないのです。ここ最近、いらっしゃらないことは多かったのですが、お忙しいお方なので、あまり気にしてはいなかったのです。それよりも、二人の番頭さんがいないので、手前どもはどうしてよいのやら、まったく仕事が手につかないのです」

「いつからおらぬ」

「今朝方、手前どもが起きたときには、もういらっしゃいませんでした」

それをきいた輔之進が景十郎に近づく。

「逃げたようです」

景十郎が深いうなずきを見せる。

「どこに逃げたのだろう」

景十郎がつぶやいた。輔之進が奉公人にたずねる。

「さあ、わかりません」

「朋左衛門は別邸などを持っておらぬのか」

「いえ、きいたこともありません」

他の目付が、朋左衛門の起居していた部屋を探してみたが、行方の手がかりになるようなものは見つからなかった。

景十郎が重兵衛に視線を当ててきた。重兵衛は考えこんだものの、見当もつかない。だが、この旅籠にやってきたときのことが脳裏に浮かんだ。そういえば、と思った。あのときこの宿は上方の客で一杯だった。武家の客についていきいたとき、播州から来ると番頭はいっていた。播州も上方である。この宿は上方に強いのか。それはつまり、あるじの朋左衛門が上方の出だからなのではないか。重兵衛はそのことを奉公人に確かめた。

「旦那さまは上方にはよくお出かけになって新たなお客を掘りだすことに懸命になっていらっしゃいましたが、もともとはこの諏訪の出とのことにございました」

奉公人がきっぱりと答えた。いつまでも呆然としていられないと考えたのか。しかし、重兵衛はそのものいいに引っかかるものを感じた。

「朋左衛門は、もともとは諏訪の出といったな。それは、どこかよその土地に行っており、そこから諏訪に戻ってきたという意味か」

「はい、さようにございます」

「朋左衛門はどこからやってきた」

はい、と若い奉公人が喉を上下に動かした。

「江戸にございます」

朋左衛門たちは中山道《なかせんどう》を行っているのか。それとも、甲州《こうしゅう》街道を江戸へと目指しているのか。重兵衛は将棋屋の土間に立ったまま、考えた。

「重兵衛はどちらだと思う」

景十郎にきかれた。

「甲州街道ではないでしょうか」

重兵衛は即答した。

「ほう、どうしてそう思う」

輔之進も興味深げな目を当てている。

「ここ下諏訪宿からですと、中山道はすぐにのぼりになります。逃げる者の心を考えると、のぼり坂はできるだけ行きたくないのではないかと思えるのです」

「なるほど。対して甲州街道は多少ののぼりはあるものの、中山道ほどの厳しさではないか」

「それに、あの鬼伏谷の屋敷も甲州街道近くにあります。ここ最近、朋左衛門の姿を見なかったと奉公人がいいましたが、朋左衛門はあの屋敷にこもりきりになっていたのではないでしょうか」

「あの屋敷からそのまま甲州街道に出たというのだな」

景十郎が配下に向かって声をあげた。

「馬を引け」

うしろが気になる。

朋左衛門は何度も振り返った。

今は、無理をしてでも中山道を行くべきだったと後悔している。ずっと鬼伏谷の屋敷にいたから、退去することが決まったとき、そのまま甲州街道を江戸を目指してくだりはじめたのだが、いったん下諏訪宿に出て、中山道を使うべきだった。下諏訪宿のすぐ目の前に立ちはだかる急峻《きゅうしゅん》なのぼり坂がいやだったのだが、逃げる者の気持ちを考えれば、甲州街道であると目付衆は見当をつけるはずなのだ。

供の二人の番頭も気になるようで、同じように繰り返しうしろを見ている。

吉乃とお以知も一緒である。気絶させて猿ぐつわをし、両手両足を縛って権門駕籠に押しこんである。殺したほうがいい、と思う。しかし、大事な人質である。いずれ使い道があるのではないか。殺さずにいたほうがよいような気がする。

それにしても、と朋左衛門は考えた。まさか本当にこんなことになるなど、思いもしなかった。やはり興津重兵衛に手をだしたのがまずかったのか。じきに身の破滅がやってくるような気がしてならない。

朋左衛門はそっと胸を押さえた。早足に歩きつつ、目を閉じる。

すぐに目をあけた。明るい陽射しが降っている。じきに、こんな光景も見納めということになるのか。

考えたくはなかったが、どうやらそれは避けられそうになかった。

久しぶりの馬である。

手綱の感触は悪くない。

前を行くのは景十郎の馬だ。その前には輔之進の馬が走っている。なかなか朋左衛門らしい者たちは見つからない。

重兵衛たちは甲州街道を馬を飛ばしている。もしや裏をかかれたか。何度もその疑念が心をよぎる。朋左衛門たちが甲州街道を行ったと考えたのは、あまりに単純すぎたか。裏をかいて中山道を行ったのではないか。考えてみれば、中山道のほうが人が多い。寂しい甲州街道では旅人は目立つが、中山道では目立たない。大勢の旅人に紛れられる。考えれば考えるほど、朋左衛門たちは中山道を行ったのではないかという思いが強くなる。手綱を引き、道を引き返したくなった。

しかし、景十郎が確信を持っているように馬を飛ばしているので、重兵衛としてもついてゆくしかなかった。

「いました」

輔之進の声がきこえた。重兵衛は身を乗りだすようにして、前を見つめた。三人の男が道を急いでいる。駕籠かきが必死に担ぐ二つの権門駕籠も見える。あれに吉乃たちが乗っているのではあるまいか。

――よかった。

安堵の汗が背筋を滑り落ちてゆく。

馬蹄《ばてい》の音に気づいて、男たちが狼狽しはじめた。権門駕籠が路上に置かれる。駕籠かきたちがてんでに逃げはじめた。

朋左衛門たちと思える三人は、権門駕籠の前に立って三頭の馬が近づいてくるのをじっと見守っている。その姿からは、覚悟を決めたような雰囲気が伝わってきた。

輔之進が朋左衛門たちの行く手をさえぎるように馬をまわし、それからさっと地上に降り立った。

馬をとめた景十郎も地面に降りた。重兵衛も手綱を引いて馬をとめ、飛び降りた。朋左衛門が長脇差を引き抜き、権門駕籠に突きつけていた。

「寄るな。寄れば、ぶすりとやるぞ」

景十郎が前に進み出る。

「朋左衛門、もはやあきらめておとなしく縛につけ」

「冗談ではない」

朋左衛門が長脇差を動かした。日光に刃がきらめく。二人の番頭は、もう一挺の駕籠に刃を向けていた。三人とも血走った目をしている。今すぐにでも駕籠を刺しそうな顔つきに見える。

「我らは江戸に行く。邪魔立てするな。するのなら、女どもを殺す。よいか、これは脅しではないぞ」

「あきらめろ。江戸になど行き着けるはずもない」

「行き着いてやるとも」

朋左衛門が荒々しい口調でいったそのとき、駕籠の反対側の引き戸があき、吉乃が転がり出てきた。それに気づいたのは朋左衛門ではなく、番頭の一人だった。番頭が縛めを受けた吉乃に向けて長脇差を振りあげ、一気に振りおろした。だが、その一瞬前に長脇差は、きん、という音とともに宙を刺した。番頭はなにが起きたか、わからない顔をした。

その顔を輔之進が刀の柄で殴りつけた。番頭は首を揺らし、その一瞬のちには地面に崩れ落ちた。

朋左衛門がうろたえる。景十郎が素早く近づき、輔之進と同じように柄で顔を殴った。朋左衛門がばたりと横倒しになった。重兵衛は残った番頭の一人に刀を突きつけた。番頭の体から力が抜けてゆく。長脇差が地面にがしゃんと落ちた。

重兵衛はその長脇差を蹴り飛ばしてから、権門駕籠の引き戸をあけた。なかにお以知が横たわっていた。すやすやと眠っているように見える。実際には気絶させられたのだろうが、このあたりはさすがにお以知であると思わせるものがあった。

吉乃が縛めをされているにもかかわらず、駕籠の外に出ることができたのは、手の縛めが少しゆるかったからである。急に連れてゆくことになり、縛めのやり方が甘くなったのは、否めないのだろう。

三

はなから忍びこむつもりなどない。

白金堂に惣三郎と善吉が監禁されているのは、まずまちがいない。

二人はいま行方知れずになっているのだ。

あのおっさん、忍びこんだんじゃないのか。

そうに決まっている。

俺があんなことをいったから、日月斎につかまってしまったのだろう。

左馬助は後悔しきりだ。惣三郎に告げず、自分で白金堂を調べるべきだった。

日月斎は胡散臭い。白金村の子供を救ったからといって、いい者とは限らない。泉に毒を仕込み、それに効く薬を子供に与えたというのも、考えられないことではないのだ。いや、紛れもなくそうだろう。二人の男の子が泉の水に中《あた》ったというのは、やつの毒のせいなのである。

いま刻限は夜の四つに近いくらいだ。まだ真夜中というほどではない。

左馬助は白金堂の台所の戸口前に立った。少し息を入れた。襷がけをし、鉢巻をし、股立ちを取っている。鯉口も切っている。いつでも戦える。少し息を入れ、心を落ち着ける。

――よし、行くぞ。

左馬助は台所の戸を蹴った。一瞬で戸が吹っ飛んでいった。雨戸を叩き割ったような激しい音が響き渡り、夜のしじまを切り裂く。

すまぬ、重兵衛。弁償するからな。

心で謝っておいてから、左馬助は台所に跳びこんだ。台所横の板敷きの間に跳びあがり、廊下を突っ走る。

いきなり轟音が痛烈に耳を打った。

惣三郎は飛び起きた。しかし、両手両足にされた縛めのために、体が自由にならない。飛び起きたというのは気分だけで、実際には首があがっただけだった。

「おっさん、善吉、どこだ」

そんな声がきこえてきた。あれは、と惣三郎は思った。

「ここだ、左馬助」

猿ぐつわがされているから、声ははっきりとしたものにならない。

「ろうかひらんへふはい」

善吉が寝ぼけたような声をだした。部屋には行灯が灯されている。善吉にも猿ぐつわがされているのがわかったが、この男の場合、猿ぐつわのせいでこんなしゃべり方になるのか、どうもはっきりしない。寝ぼけていても、こんなしゃべり方になるのである。今は、どうかしたんですかい、といったのか。

「おめえ、しゃんとしやがれ」

惣三郎はそういったつもりだが、善吉には通じなかった。

「ひゃひほひっへるんへふはい」

「おめえ、いってえなにをいってるんだ。さっぱりわからねえぞ。——ああ、なにをいってるんですかい、か。耳をかっぽじってよくきけ。左馬助が助けに来てくれたぞ」

「ひぇっ、ひゃまのひゅへひゃまひゃ」

えっ、左馬助さまが、だろう。

「そうだ、左馬助だ」

惣三郎は左馬助がどこにいるのか、見極めようと耳を澄ませた。

「ここか」

左馬助は居間の腰高障子をあけた。

行灯が灯っている。惣三郎と善吉が畳に横たわっていた。虫のように体を動かしている。

「無事だったか」

さすがにほっとする。安堵の思いが胸を浸す。

「いま縄を切ってやる。動くなよ」

「ひゃっ」

いきなり惣三郎が頓狂な声をあげた。目は左馬助のうしろを見ている。

どういうことか覚った左馬助は立ちあがり、刀を抜いた。

刀を手にした日月斎が敷居際に立っていた。

「いたか」

左馬助は低く持った刀を旋回させた。殺さないまでも、傷を与えて動けなくし、捕らえる気でいる。

日月斎が刀で受け、弾き返してきた。

ほう、やるじゃないか。これならどうだ。

すぐさま刀を引き戻すと、左馬助は突きを見舞った。いきなりそんな大技がくるとは思っていなかったらしく、日月斎が体勢を崩す。それでも下から刀を振りあげてきた。その刀の動きは、左馬助の目にははっきりと映っている。ここ最近、自分の剣はぐんと伸びている。このくらいの斬撃はなんということもない。左馬助は軽々とかわし、日月斎に肉迫した。

くっ。かなわないと見たか、唇を噛み締めた日月斎が体をひるがえした。廊下を走る。左馬助は追いすがった。日月斎が台所に降り、勝手口を抜けた。左馬助もそのあとを通り抜けた。

日月斎はほんの一間先を走っている。息づかいがきこえる。汗のにおいが鼻孔を打つ。あと少しで追いつけそうだが、土手道に出た途端、徐々に差がひらきはじめた。空には月はないものの、星が一杯で、その明かりのために日月斎を見失うことはなさそうだったが、このままでは撒《ま》かれそうだ。

左馬助は必死に足に力を入れて走った。だが、走力の差はいかんともしがたい。彼我《ひが》の差は今や十間ほどにひらいている。

道が町地に入る。日月斎が角を曲がった。左馬助は駆けこんだが、次の瞬間、足をとめた。とめざるを得なかった。日月斎の姿が消えていた。青々とした星明かりが地上に降り注ぐなか、左馬助は顔をゆがめて立ち尽くすしかなかった。

おのれに毒づいた。大きく息をついて刀を鞘にしまい、きびすを返した。白金堂に向けて大股に歩きだす。

「くそうっ」

不意に、重兵衛の顔が脳裏に浮かんできた。重兵衛は笑ってはいるものの、なぜか左馬助は案じられてならない。

なにしろ、と思った。あの男は嵐を呼ぶ男だからな。よもや重兵衛の身にもなにか起きているのではあるまいか。

いや、つまらぬことは考えぬほうがよい。本当のことになってしまう。

左馬助は、無事に江戸に帰ってくる重兵衛の姿を思い浮かべることにした。そのほうがずっと心楽しい。笑っていられる。

しばらく横になっていたが、輔之進が活を入れると、朋左衛門ははっとして目覚めた。自分がどこにいるのか、確かめるような目をしている。

朋左衛門の体には、すでに輔之進がきつく縛めをしていた。景十郎によれば、このまま高島城に連れ帰り、すべてを吐かせるつもりでいるとのことだ。

途中、馬を引きつつ景十郎が朋左衛門たちに尋問をはじめた。二人の番頭はどういうことなのか、まったく知りませんと答えた。重兵衛から見ても、嘘はついていないように思えた。二人の番頭は、ただ命じられるままに動いていたらしい。なにがどうなっているのか、いまだにさっぱりわかっていないようだ。

朋左衛門は無言を貫いている。なにをきかれても、答える気はないようだ。もっとも、舌を嚙まないようにと、景十郎の命で口に詰め物をしている。これでは、答えようにも答えられない。しかし、詰め物がなかったとしても、朋左衛門はなにも答えないだろう。

ひどく青い顔をしていた。なにか思い詰めているように見える。景十郎が舌を嚙まないように処置したのは、正解だったように思える。

朋左衛門は苦しいのか、胸を押さえている。縄は体に巻かれているが、肘から上は少しだけ自由になる。朋左衛門が大きく息をついた。目を閉じる。すぐにあけ、誰かを捜すように前方に目をやる。

助けに来る者がいるのか。まさかあの十人の侍か。重兵衛は緊張した。

いや、ちがう。そんな気配は微塵も感じない。

不意に朋左衛門が胸を強く押さえた。うっとうなる。膝が折れ、頭ががくりと落ちてきた。体が力なく街道に横たわる。

「どうした」

重兵衛は駆け寄り、抱きあげた。だが、重兵衛の腕のなかで、朋左衛門は事切れようとしていた。目がうつろで、すでに重兵衛の顔も見えていないだろう。

「兄者……」

最期に朋左衛門はつぶやいた。がくりと首を落とした。絶命している。

重兵衛は呆然とした。景十郎も目を大きく見ひらいている。縄を握っていた輔之進も言葉をなくしている。二人の番頭は立ち尽くしていた。

「重兵衛」

景十郎が呼びかけてきた。

「慎重に朋左衛門の懐を探ってくれ。紙包みがないか」

重兵衛は朋左衛門の襟元をそっとひらき、目で探ってみた。紙包みらしいものが見えた。

「ありました」

重兵衛は手を伸ばし、静かに引き抜いた。

「あけてくれ」

景十郎のいう通りにすると、紙包みのなかから例の蜘蛛の死骸が出てきた。この蜘蛛が手のひらで押されたことで怒り、朋左衛門を刺したことはまちがいない。

「やはり毒蜘蛛だったか」

景十郎が悔しげにかぶりを振る。

「得物は持っていないのは確かめたが、まさか毒蜘蛛を隠し持っているとは思わなんだ」

二人の番頭は毒蜘蛛を隠してなどいないという。あるじが隠していたことも知らなかったといった。

結局、朋左衛門は吉乃とお以知をかどわかした理由すらも吐かずに死んでいったのだ。

重兵衛は合掌してから朋左衛門の遺骸を馬に乗せた。馬はこのまま引いてゆくことになる。手綱を持ち直そうとしたとき、きな臭いにおいを嗅いだ。なんだ、と顔をあげようとして、どん、と腹に響く音をきいた。直後、左肩に重い衝撃を受けた。なにが起きたのか、重兵衛はわからなかった。吸い取られるように体から力が抜けてゆく。気づかないうちに、地面に横たわっていた。

今のは鉄砲だな、とようやく気づいた。鉄砲の玉を受けて吹き飛ばされたのである。誰の仕業なのか。

「義兄上っ」

輔之進が駆け寄ってきた。姿は見えず、声だけがきこえた。暗黒が重兵衛の視野を覆おうとしている。

見えたのはそこまでで、重兵衛の意識は闇の坂を転がり落ちていった。

本書は書き下ろしです。

中公文庫

手《て》習《ならい》重《じゅう》兵《べ》衛《え》
黒《くろ》い薬《くすり》売《う》り

2011年6月25日　初版発行

著　者　鈴《すず》木《き》英《えい》治《じ》
発行者　小林敬和
発行所　中央公論新社
〒104-8320　東京都中央区京橋2-8-7
電話　販売 03-3563-1431　編集 03-3563-3692
URL http://www.chuko.co.jp/

DTP　平面惑星
印　刷　三晃印刷
製　本　小泉製本

Published by CHUOKORON-SHINSHA, INC.
Printed in Japan　ISBN978-4-12-205490-5 C1193
定価はカバーに表示してあります。
落丁本・乱丁本はお手数ですが小社販売部宛お送り下さい。
送料小社負担にてお取り替えいたします。

中公文庫既刊より

番号	タイトル	副題	著者	内容	ISBN
す-25-4	手習重兵衛	刃舞(やいば まい)	鈴木 英治	手習師匠の興津重兵衛は、弟を殺害した遠藤恒之助を討つため厳しい鍛錬を始めた。ようやく秘剣を得た重兵衛の前に遠藤が現れる。闘いの刻は遂に満ちた。	204418-0
す-25-5	手習重兵衛	道中霧	鈴木 英治	自らの過去を清算すべく、諏訪へと発った重兵衛。郷里・諏訪へ向かう興津重兵衛。その行く手には、遠藤恒之助弟の仇でもある遠藤恒之助と謎の忍び集団が待ち構えていた。書き下ろし。	204497-5
す-25-6	手習重兵衛	天狗変	鈴木 英治	家督放棄を決意して諏訪に戻った重兵衛だが、身辺には不穏な影がつきまとう。その背後には諏訪家取り潰しを画策する陰謀が渦巻いていた。〈解説〉森村誠一	204512-5
す-25-18	手習重兵衛	母恋い	鈴木 英治	侍を捨てた興津重兵衛は、白金村で手習所を再開した。村名主の娘おそのを妻に迎えるはずだったのが、重兵衛を仇と思いこんだ女と同居する羽目に……。	205209-3
す-25-19	手習重兵衛	夕映え橋	鈴木 英治	ついに重兵衛がおそのに求婚。その余韻も冷めぬまま、二人は堀井道場に左馬助を訪ね、そこで目にした一振りの刀に魅了される。風田宗則作の名刀だった。	205239-0
す-25-20	手習重兵衛	隠し子の宿	鈴木 英治	おそのと婚約した重兵衛だったが、直後、朋友の作之助と吉原に行ったことが判明。さらに、品川の女郎宿に通っていると噂され……。許嫁の誤解はとけるのか？	205256-7
す-25-21	手習重兵衛	道連れの文(ふみ)	鈴木 英治	婚約を母に報告するため、おそのを伴い諏訪へ旅立った重兵衛。道中知り合った一人旅の腰元ふうの女から、甲府勤番支配宛の密書を託される。文庫書き下ろし。	205337-3

各書目の下段の数字はISBNコードです。978-4-12が省略してあります。